猫で窒息したい人に贈る 25のショートミステリー

『このミステリーがすごい!』編集部 編

宝島社文庫

宝島社

猫で窒息したい人に贈る25のショートミステリー

25 Short Mysteries for Those Who Want to Choke on Cats

『このミステリーがすごい！』編集部 編

CATS

宝島社

猫で窒息したい人に贈る25のショートミステリー［目次］

優しい人

岡崎琢磨

あの子の鳴き声が聞こえた気がした。

それで、座卓で新聞を読んでいたはずが、いつの間にかうたた寝していたことを知った。私は立ち上がり、ベランダのほうへ近づく。レースカーテンを開けると、掃き出し窓の向こうに猫がいた。

ほんの一瞬、あの子が帰ってきたのかと思った。しかし直後には、どう見ても別の個体であることに気づく。あの子は野良のキジトラだった。目の前にいるのは、毛並みのいいシャムである。

――飼い猫かしら。だとしたら、飼い主のもとへ帰してあげないと。

そう思いつつ、私はまだ捨てられずにいるチューブ状のエサを取りに、キッチンへと向かった。


夫が亡くなって、間もなく一年になる。

喜寿を迎えたばかりだった。突然の心筋梗塞であっけなく逝ってしまい、残された私は呆然《ぼうぜん》とするしかなかった。正直、あれから半年ほどの記憶はかなり曖昧だ。

そんな私を心配したからだろう、一人息子は「自分たち家族の暮らす京都へ来ないか」と誘ってくれた。九州の片田舎《かたいなか》の一軒家で独居老人となった私に、何かあったときが大変だから、と。長年住み慣れた土地を離れるのは抵抗があったが、当時の私は逆らう気力もなく、また息子の気遣いはうれしかったので、したがうことにした。

いきなり同居とはいかなかったが、代わりに息子は自宅の近くに私が住む部屋を探してくれた。人生初のマンション暮らしはことのほか快適で、夫のいなくなった家に独りで住み続ける寂しさを想像すると、引っ越してよかったという思いは日増しに強くなった。

それでも、夫を喪《うしな》った悲しみは甚大なものがあったのだろう。いまの家に住み始めて数ヶ月が経《た》ったころから、私は慢性頭痛を患うようになった。

常にというわけではないが、毎日のように痛みは現れ、私を苦しめる。病院に行ってもこれといって異常は見つからず、夫の死と住環境の変化にともなうストレスによる緊張型頭痛、と診断された。

しだいに、頭痛薬を飲んで眠る時間が長くなった。初めて迎える京都の冬が、予想以上に厳しいのもこたえた。私はろくに外出もせず、最低限の買い物や通院以外はほとんど家に閉じこもって過ごすようになった。

そんなときだった。二階にある自宅のベランダに、野良猫が現れるようになったのは。

とりわけ冷え込みの厳しい日だった。結露で曇ったガラス窓の外に気配を感じてベランダに出てみると、やせ細ったキジトラが心細そうに丸まってこちらを見ていた。

自分の心身が弱っていたせいもあるのだろう。その姿が、私には何だかとても憐《あわ》れに思われた。

ちょうど冷蔵庫に魚の切り身が入っていたので、皿に載せて差し出すと、猫は勢いよくがっつき、あっという間に平らげてしまった。あごのあたりを恐る恐るさすったら、気持ちよさそうに目を細め、喉を鳴らした。

その日から、猫はしばしばベランダにやってきて、エサをねだるようになった。この人間は食べ物をくれる、と学習したに違いない。私は専用のエサを用意して待ち、いつしか猫と触れ合うのが日々の楽しみになっていた。

不思議なことに、猫がベランダに来ると決まって頭の痛みがすっと消えた。医者はその理由を、猫に癒やされてストレスが軽減しているのだろう、と語った。アニマルセラピーという療法が存在するように、動物が人間にもたらすよい作用は計り知れないらしい。

猫はそれほど若くはないように見えたが、じきに私は、もしかすると夫の生まれ変わりかもしれない、と考えるようになった——頭痛に耐えながら独り寂しく暮らす私を憐れんで、猫の姿に化けた夫が遊びに来てくれているのではないか、と。

寒い日が続くあいだ、猫は定期的にベランダへ来てくれた。しかし暖かくなるにつれ、自力でエサが取れるようになったのか、姿を見せるペースが落ち、やがてまったく現れなくなった。そのころには頭痛もほとんど消え、外出できるようになっていたので、安心した夫が成仏したのかもしれない。そんなふうに思いながらも私は猫が恋しく、いつかまた来たときのためにエサをとっておいたのだった。

チューブのエサをシャム猫に与えていたら、思い出した。

私はその猫を知っていた。近所の喫茶店の庭で、女性店員が営業時間外に猫を走り回らせて遊ばせているのを、前の道路から見かけたことがあったのだ。

すぐに番号を調べて電話をかけると、果たして電話口に出た女性店員は、捜していたんです、ありがとうございます、と言った。引き取りにうかがうとのことだったので住所を伝え、猫を部屋に上げて窓を閉め、待つ。十分後には、インターホンが鳴らされた。

「このたびはうちのシャルルがご迷惑をおかけしてしまい、申し訳ありません。こちら、当店のアップルパイですので、よろしければお召し上がりください」

重たいドアを押し開けて迎えると、女性は玄関先で私に紙の箱を差し出し、深々と頭を下げた。そのまま部屋に通したところで、彼女の肩から力が抜けるのがわかった。

「間違いなくうちの猫です。本当に、すみませんでした」

「気にしないで。前にも猫がよく遊びに来てたの。きっと、猫が上がりやすいベランダなのね」

「優しい方で、よかったです」彼女は穏やかに微笑《ほほえ》む。

「その猫が来ると頭痛が治まって元気になるから、いつも楽しみにしてたのよ。そのころのことを思い出して、うれしくなったわ」

　すると、だ。

　女性の目つきが、にわかに鋭くなった。

「そちら、いまでもお使いですか」

　彼女が猫を抱き上げてから指差したのは、部屋の隅にある石油ファンヒーターだった。

「あら、恥ずかしいわ。春ごろまでは寒い日があったから、片づけるタイミングがわからなくてねえ。しまわなきゃしまわなきゃと思いつつ、億劫《おっくう》で置きっぱなしにしてたのよ」

　もう、六月だ。さすがに暖房器具は使わない。

　女性は言葉を選びつつ、言う。

「あの……確かめたいことがあるので、少しだけおうちの中を見せていただいてもよろしいですか」

「えっ。確かめたいことって？」

「たぶん、洗面所か玄関だと思うんです。それ以外の場所には立ち入りませんので」

狐《きつね》につままれた心地だったが、洗面所や玄関に見られて困るものがあるわけでもない。人のよさそうな女性だったので、私は許可し、彼女を案内した。

洗面所で、彼女はさっそく目的のものを見つけたようだった。

「このスイッチ、最後に触ったのはいつですか」

背の低い彼女が、腕を伸ばしてようやく届くくらいの高さにあるスイッチだ。私は言った。

「それねえ、何だかよくわからないから、引っ越してきてすぐに切ったのよ。それから一度も触ってないわ」

存在自体、忘れていたと言っていい。彼女は勝手にスイッチを入れながら、思わぬことを告げた。

「頭痛の原因は、一酸化炭素中毒だと思います」

恐ろしい響きに、私は身を硬くした。

「どうして……?」

「先ほど玄関のドアを開ける際、重そうにしておられましたよね。それを見て、思ったんです。この部屋、気密性が高いんだなって」

確かに一軒家に住んでいるときには、ドアが重いなどと感じたことがなかった。気密性が高いと空気の入る道がないのでドアが重くなるのだ、と彼女は言う。マンション暮らしが初めてだった私はてっきり、ドアや蝶番《ちょうつがい》の重みなのだろうと考えていた。

「そんな部屋で石油ファンヒーターを使えば当然、空気中の一酸化炭素濃度は高くなります。エアコンをお使いにはなりませんでしたか？」

「エアコンだけでは足元が寒くてねえ。それに、空気も乾燥するし……昔から使い慣れた石油ファンヒーターじゃないと、冬の京都の寒さに耐えられなかったのよ。でも、それだけで頭痛を引き起こすことがあるの？」

私の素朴な疑問に、彼女は頭上のスイッチに目をやった。

「気密性が高い代わりに、現代のマンションには必ず二十四時間換気のシステムが設置されています。これが、その電源を入れるスイッチです。原則切らないように、との説明を受けたのではないでしょうか」

わからない。受けたのかもしれないが、あのころの記憶が曖昧なせいで思い出せなかった。

「じゃあ、猫が来ると頭痛が治まっていたのは……」

ようやく、彼女の顔に笑みが戻る。

「優しい方で、よかったです」

先ほどと同じ発言だったが、その意味の違いは明白だ。

猫を構うために窓を開けたから、換気がなされた。ために、一酸化炭素中毒が解消されていた。

もしも私が猫に同情する人間でなければ、私自身が命を落としていたかもしれなかったのだ。

暖かくなるにつれて頭痛がなくなったのも道理だ。石油ファンヒーターを使う機会は減り、窓や玄関を開ける頻度は上がった。

「危ないところだったわ。大事なことを教えてくれて、本当にありがとう」

今度はこちらが礼を言う番になった。彼女はいえ、とかぶりを振る。

店に戻る彼女を見送ったあとで、私は仏壇の前に座った。

遺影の中で、夫は柔和な笑みを浮かべている。

夫は私の寂しさを紛らわすために、猫の姿で現れたのではなかった。

私の命を救うために、やってきたのだ。

――まだ、そっちへは行くなってことよね。

明日、あのシャム猫がいる喫茶店に入ってみよう、と思った。

然らば、恋

土屋うさぎ

はくしゅん。

彼の盛大なくしゃみが室内に響く。その膝の上でくつろいでいた猫が、返事をするように「んあ」と小さく鳴いた。

私は咄嗟《とっさ》にカレーを食べていた手を止めて、彼の少し赤くなった瞳を見つめた。

「航平《こうへい》……もしかして猫アレルギーなんじゃない？」


航平と出会ったのは、職場の飲み会だった。染めたことがないと言う黒髪に、笑うとできるあどけないえくぼ。けれど、グラスを持つ骨ばった指は大人の男性のもので、ギャップに胸が高鳴った。

彼と付き合い始めてから一年。どちらともなく同棲《どうせい》を考え始めた私たちは、少しずつお互いの価値観をすり合わせていった。

その中で一番懸念していたのは、飼い猫のハッチについてだった。

我が家のぶち猫〝ハッチ〟は成猫になってから保護したオスで、警戒心が強い。来客があると、すぐにベッドの下へ隠れてしまう。それもあって、私は今まで航平どころか、友人さえ家に呼んだことがなかった。

初めて航平がうちへ来た日。耳を平べったくして全身で警戒を示すハッチを見て、二人が打ち解ける未来はくるのかと途方に暮れた。

しかし猫とは現金なもので、航平が餌付けを繰り返すうちに、彼を無害な人間だと認定したようだった。

ぐるぐるぐる。ハッチが航平の膝の上で喉を鳴らす。航平が顎の下をさすると、気持ちよさそうに目を細めた。

私は、唐辛子やスパイスをふんだんに使ったお手製カレーをお皿によそって、テーブルへ置いた。ハッチが膝に乗った記念として、ゆで卵までつけている。「うわ、美味《おい》しそう」と航平が目を輝かせた。

「いただきます」

二人で手を合わせ、カレーを口へ運ぶ。網戸から秋の穏やかな風が吹き込み、カーテンが揺れた。結婚したらこんな感じなのかな、とふと思う。

――その時だった。彼が不穏なくしゃみをしたのは。

私は突如湧き上がった猫アレルギーという疑念を口にした。はは、と航平が笑い飛ばす。

「なわけないよ、今まで大丈夫だったんだから。俺、花粉症くらいしかアレルギー持ってないし」

「でも、こういうのって突然発症することもあるんだよ」

その日は、とりあえず様子をみようということで話が落ち着いた。

けれど、次の日も航平はくしゃみが止まらなかった。あまりにくしゃみを連発するので、晩ご飯を中断するほどだった。

ついには、航平の腕にうっすらと赤い蕁麻疹《じんましん》が現れた。バタバタと彼が自分の家へ帰宅する。

まさか、恋人が猫アレルギーになるなんて。

予想外の事態に私は混乱していた。これからどうしよう、という不安で心が落ち着かない。

後日、航平は電話越しに、驚きの提案をしてきた。

「ハッチを、実家に預けることってできない？」

え、と掠《かす》れた声が喉から溢《こぼ》れる。

「申し訳ないんだけど、この状況でこれから一緒に住むのは現実的じゃないと思うんだ」

「部屋をわければなんとかならない？」

「俺らの今の稼ぎじゃ、猫と完全に居住スペースをわけれるほど大きな部屋には住めないよ。一時的に実家に預かってもらって、将来落ち着いてから、もう一度引き取るって手もあるんじゃないかな」

スマホを握る手に、力を込める。

「……少し、考えさせて欲しい」

私は通話を終えてから、白と黒が入り混じったハッチの毛並みを撫《な》でた。

艶やかで柔らかく、どんな高級毛布よりも心地よい。仕事で失敗し叱られた日も、部屋に帰ればハッチがいた。何度この温《ぬく》もりに助けられたかわからない。

けれど、恋人と違ってハッチは一生そばにいてくれる訳ではない。

そっとハッチの顔先に手を差し出す。すると、ハッチは静かに鼻を近づけてくれた。ぴとり、と濡《ぬ》れた感触が指に広がる。冷たかった小さな鼻は、あっという間に私と同じ温度になった。

数日後、私は航平をファミレスに呼び出した。

「ごめん。やっぱり、猫を実家に引き取らせるなんてできない」

真《ま》っ直《す》ぐ彼を見つめる。周りの話し声がやけに大きく聞こえた。

「じゃあ、俺たちここまでってこと?」

「――そうだね」

航平は目を伏せると、わかった、と静かに言った。

「今までありがとう」

あっさりと受け入れられて、拍子抜けしてしまう。私たちは、そんな簡単に終わってしまう関係だったのか。あまりに呆気《あっけ》ない破局だ。

彼の手からハッチがちゅーるを食べた時、「写真を撮って！」と大騒ぎしたこと。抜け落ちたヒゲを見つけて、二人で縁起がいいと喜んだこと。ブラッシングした毛を集めて、毛玉のボールを作ったこと。

何気ないけれど、宝物のように大切にしていた思い出が、脳裏に浮かんでは消えていく。最近のカメラロールは、猫と航平の写真ばかりだ。

別れ際、彼にそっと抱きしめられた。薄手のニット越しに伝わってくる温かさが、私の不満を吸い取っていく。

航平は、私が恋人より猫を優先してしまうことに、気がついていたのかもしれない。何も言わない彼は、最後まで優しかったのだ。たかが一年、されど一年。猫より少し温度が低いこの肌に、もう触れられないと思うと、顔をあげられなかった。

夕暮れの陽射《ひざ》しが、窓の外の街並みをオレンジ色に染めていく。

自分から決断したのに、私はしばらく気持ちを切り替えられないでいた。

ハッチはこちらの葛藤などつゆ知らず、寝転んだ私のお腹《なか》の上で毛繕いをしている。ざり、ざり、と舌が毛を擦《こす》る音が、つけっぱなしにしたテレビの音と混じり合う。

私はぼーっと天井を眺めながら、ずっしりと体重を預けてくる猫を撫でた。毛繕いを邪魔されて気分を害したのか、ハッチがお腹から飛び降りる。突然かかった圧力に、私は思わず呻《うめ》いた。

ハッチがリモコンを踏みつけ、ぱっと番組が切り替わる。

瞬間、画面に表示された文字に、私は釘付《くぎづ》けになった。

『ヨモギの花粉症と、唐辛子アレルギーの関連性⁉』

スタジオでは、専門家らしき人物が、身振り手振りを交えて内容を説明している。

『タンパク質の形が似通っているために、アレルギーを持っているものとは全く別の物質にも、体内の抗体が反応してしまう……交差反応というものがあります。つまり、ヨモギの花粉が引き金となって、スパイスにアレルギーを発症することがあるんです』

もしかして、と私は口元を押さえた。

あの時、航平は猫ではなく、口にしたカレーに反応していたのではないか。

彼は、花粉症だと話していた。アレルギー反応が出た次の日も、私は一晩寝かせたカレーをご飯に出した。だから連日症状が現れたのだ。

私たち、別れる必要なんてなかったんだ。

慌ててスマホをタップしラインを開く。早く航平に伝えなきゃ。

しかし、彼のラインのアイコンは、いつの間にか見知らぬ女性とのツーショットに変わっていた。

じっとりと嫌な予感が足元から這《は》い上がってくる。

写真の中で女性の腰に手を回す航平。明らかに、付き合っている男女の距離感だった。

私たちが別れてから、まだ数日しか経《た》っていない。

私はハッチの世話を理由に、デート後もすぐ帰宅することが多かった。猫を優先して、予定を変更した回数も数知れない。

つまり、彼には同時並行で別の女性と付き合う時間の余裕があったということだ。

別れを切り出した時、私はどこかで航平に引き止められることを期待していた。そんな理由で別れるとか言うなよ、二人で別の解決策を探そう、と縋《すが》って欲しかった。

あんなにも航平があっさりと別れた訳を知り、胸から息を吐き出す。

私は、ハッチの背中に顔を埋めた。ハッチはされるがまま寝転んでいたが、しばらくすると起き上がり、私の目元をざりざり、と舐《な》めた。

キャットトーク

猫森夏希

「おーい、クロ」

的場《まとば》大晴《たいせい》が近所の公園を歩きながらその名を呼ぶと、生け垣の隙間から一匹の猫が現れた。まるで夜がそのまま歩いているような、毛並みの綺麗《きれい》な黒猫である。首輪はない。この公園を縄張りにしている野良だった。クロという名は的場が勝手につけたものだが、嬉《うれ》しいことに、黒猫はその呼び名を自らのことだと認識してくれていた。

「今日は二見橋《ふたみばし》の手前のコンビニまで行こうか」

的場が散歩に誘うと、黒猫はその目的地の方向に歩き始めた。決して偶然ではない。実は昨日の朝もばったりと出くわし、そのときもこうして共に近所のスーパーに足を運んだのだった。的場は仕事の山場を越えたばかりで懐具合が良く、スーパーでは缶詰とジャーキーを買い与えてやった。今日も何かを買ってくれるのだろう。この黒猫はそう考えているのだ。

クロはとても賢い。

道路を渡るときは必ず左右を確認するし、公園にある水飲み水栓のバルブを自らの前足で器用に回すこともできる。こちらが話しかければフニャと相づちまで打ってくれる。人間の言葉を理解しているのだ。

「試してみたいことがあるんだ」と的場は歩きながらケータイを取り出し、事前にダウンロードしておいたアプリを開いた。

キャットーク。なにやら猫語を翻訳してくれるアプリだという。紹介画面には猫が発したと思われる『かまって』『もっと遊ぼう』といった言葉が並んでいた。短く、単純な言葉だらけではあったが、賢いクロの鳴き声ならば、なんと訳されるだろうかと興味があった。

「何か喋《しゃべ》ってみてくれ」そう言ってアプリに表示された翻訳ボタンを押す。

クロがフニャフニャと声を発すると、ほとんどタイムラグもなく翻訳が始まった。

『おいお前、また写真を撮っているのか？　昨日も撮っただろう。何枚撮れば気が済むんだ』

驚いた。これがクロの言葉か。的場は閑静な住宅街で声を上げそうになり、慌てて口を塞いだ。でたらめな訳ではない。昨日撮らせてもらった写真は、しっかりとフォルダに残っている。

「し、写真じゃない、言葉を訳しているんだ。わかるぞ、クロの言っていること」

『ほう、そいつは便利だな。だったら今日の缶詰は鶏と野菜のやつをお願いしたい。三毛の同胞の絵が載っているやつだ。どうだ、俺の言っていることがわかるか？』

的場は何度も首を縦に振った。なんてアプリだ。猫の言葉というのは、ここまで解析できるほどに研究が進んでいるものなのか。それともクロが特別賢く、言葉を操る能力に長《た》けているからこうなっているのだろうか。的場は次々に訳されるクロの言葉を読みながら、この状況に大いに興奮していた。

それから一人と一匹は、河川敷近くのコンビニまで、時間をかけてゆっくりと歩いた。家族、友人（友猫）、恋人（恋猫）、食の好みから寝ているときに見る夢まで、話は尽きなかった。

クロはコンビニの駐車場で所望した缶詰をがっつきながら、夏になったらお返しに蟬《せみ》をくれると約束してくれた。脱皮直後の蟬は、柔らかく味が良いそうだ。

公園までの帰り道でクロが立ち止まったのは、もう日が暮れようと、街がオレンジ色に染まっていたときだった。

クロは民家の塀の一点を、ただじっと見つめていた。

「どうした」

『あっちで殺人事件があったようだ。人が集まっている』

角を曲がって通りを覗《のぞ》くと、三階建ての小奇麗なマンションの前に、警察車両が何台も止まっていた。

「どうして殺人だとわかる」

『刑事たちの声だ。聞こえないのか？』

猫の聴力は人間の何倍もあるという。彼からすれば、マンション内の話し声も筒抜けなのだろう。クロは刑事たちの会話をフニャフニャと口にし始めた。

『被害者は根本雅《ねもとまさし》、二十六歳の広告会社勤務。死体の発見者は小佐野奈緒《おさのなお》……恋人のようだな。現場は三階の角部屋。連絡が取れない根本を心配した小佐野が合鍵を使って中に入ると、ベランダに根本がいたらしい。変な恰好《かっこう》だったので、最初は酔っぱらってふざけているのかと思ったが、頭から血を流しているのが見え、通報に至ったと。死体の頭部には鈍器で殴られた痕があり、それが致命傷になったようだ。死亡推定時刻は一昨日の夜七時から九時の間。根本の部屋は荒らされており、金品を奪われた形跡があった』

「こんなご近所で強盗殺人か。恐ろしいな」

『……ほう、面白いぞ。小佐野によると、根本はベランダに置かれたプラスチック製の椅子に膝を乗せ、両腕を物干《ものほ》し竿《ざお》にかけた、ぶら下がりの状態だったらしい』

「なんだそれは。犯人は死体をベランダに干したっていうのか？」

ベランダは通りとは反対側にあり、そちらには二階建てのアパートが建っている。現場は一段高い三階なので、気をつけて見なければ周辺住民の目には入らないだろう。

『死体を干す、か。いかにも人間のやりそうなことだ』と黒猫は言う。

「するかよ。人間をなんだと思っている」

『どうだか。……お、どうやら警察はもう犯人の目星をつけているようだぞ。マンションの防犯カメラを調べたところ、三階に上がっていく帽子を被《かぶ》った不審な男が映っていたそうだ。映像の角度が悪く顔は映っていなかったが、体格からして男だったと』

「帽子を被った男なんてそこらにいくらでもいるぞ」

クロは耳をぴんと立てながら、『まあ聞け。あの三階には四人の住人が住んでいるらしい。男二人の女二人だ。そして犯行直前から事件発覚まで、三階に上がったのは根本と帽子男の二人だけであり、下りた男はいない。そして、三階の住人である男に事情聴取を行ったところ、昨夜は寝ており、部屋からは一歩も出ていないと証言している』

「ほー、だったらその男が犯人か」

『男の名は加藤英俊《かとうひでとし》。根本とは学生時代からの友人で、同じマンションに暮らすほど仲の良い間柄だったそうだ』

「元々の知り合いか。てことは動機は金品目的じゃなさそうだな。帽子で顔を隠してカメラに映り、不審な男を演じて強盗のフリをしたってわけか。部屋が荒らされていたのも、そう見えるようにするための工作だな。ただ……にしても、死体を物干しにかけたっていうのは……」

クロは前足を上げて自らの顔を掻《か》きながら、『犯人はタナカだろう』と言った。

「ん？　加藤じゃないのか？」

クロは的場の問いかけを無視して続ける。

『タナカは一昨日の夜に金品目的で根本宅に侵入した。根本を撲殺し、それから夜中まで何時間も待った』

「待ったって、何を」

『死体が固まるのを、だ。タナカは死後硬直で固まった死体をベランダの椅子に乗せ、死体を足場に屋上に上がった。それから雨どいのパイプ伝いに下に降りたんだ。人間でもそれぐらいはできるからな。死体は屋上に上がる拍子に物干し竿に寄りかかる形になったが、硬直が解けていくにつれ、腕は下がり、膝は折れ、まるでぶら下がるような体勢になったってわけだ』

気づけば辺りはすっかりと暗くなっており、クロの目だけが光って見えていた。

「すごいなクロ、まるで探偵みたいだ」

『三階の住民に男が二人しかいない、ということも下調べをしてわかっていたんだろう。そいつに罪を擦《なす》りつけた』

的場は黒猫に拍手を送った。もし周りに人がいれば可愛《かわい》がっているようにしか見えないだろうが、そうではなく、純粋に、的場はクロの知性に感動していた。

「なあクロ、君みたいな猫は他にもいるのか?」

『色んな奴《やつ》がいる。人間と同じだ。あと、伝えていなかったが、俺はクロじゃない。ここいらじゃ、カイという名で通っている』

「ああ、これは失礼した、カイ。ちなみにだが、君も間違えているよ。私は的場だ。タナカじゃない」

的場が勝手にクロという名前をつけたように、カイもまた、的場に勝手に名前をつけていたようだった。

「なあカイ、君の推理は概《おおむ》ね当たっているわけだが、一つ気になることがある」

『なんだ』

「どうして私が犯人だとわかった？　その推理を聞かせてくれ」

『推理か。そんなものは必要ない。昨日の朝にスーパーに行っただろう？』

あれは的場が仕事《盗み》を終え、マンションから抜け出してきた直後のことだった。

『あのときのあんたからは血の匂いがした』

黒猫はそう言うと、ひょいと民家の塀に飛び乗り、するすると夜の闇の中に溶けていった。

冷たい階段の猫

浅瀬明

視線をあげると、階段に鎮座する茶トラの猫とわずかに目が合った気がした。そんな時、人であれば会釈くらいは交わすものだが、こいつはつまらなそうにあくびをしただけだった。こちらのことなど気にする素振りもなく、眠たそうにすぐ丸まってしまう。一緒に暮らし始めて二か月が経《た》つが、俺に懐く様子はないし、同居人に対する戸惑いや遠慮も感じられない。こいつは家の中を堂々と歩き回り、好きな時に好きな場所で寝る。生活においての自分のペースを崩さない。この家の主は自分であると疑いもしないのだろう。今だって、リビングの暖房をつけっぱなしにしておいてやっているというのに、なぜか冷たいフローリングの階段で寛《くつろ》いでいる。こちらの優しささえ意に介さないらしい。

名前をサンサという。この名を付けたのは祖母だ。五年前に祖父が亡くなった時にどこかから連れてきたらしい。祖母曰《いわ》く「知人に強引に押し付けられた」のだそうだが、「この広い家に一人で暮らすのはさすがに寂しかったからわざわざ貰《もら》ってきたのだろう」と母は言っていた。どちらの言い分も俺の頭の中の祖母像とはいくらか離れていたが、実際のところは分からない。もうそれを本人に聞くことはできない。祖母は二か月前に亡くなった。突然のことで、東京で暮らしていた俺は死に目にも会えなかった。祖母に最後に会ったのは、五年前の祖父の葬儀の時ということになる。薄情な孫だと自分でも思った。

通夜で栃木の実家に帰ると、母は俺に祖母の家で猫の世話をするようにと言った。葬儀の期間の話ではなく、今後ずっとの話だった。母曰く「うちの家族で猫アレルギーじゃないのはおばあちゃんとあんただけ」らしい。息子が猫アレルギーではないことも、息子が東京で勤めていた会社がこの夏に倒産していることも母はちゃんと知っていた。俺が地元に戻ることを相談する相手は、通帳の預金残高くらいしかなく、東京に引き留めてくれるものもない。猫よりも犬派なんだとか、栃木で仕事なんてないとか、母には文句を垂れ流したが、あっさりと帰郷が決まった。

この祖母の家に、俺はあまりいい思い出がない。実家からバスで十五分ほどの場所にあり、中学一年までは頻繁に祖母の元に通っていた。正直を言えば行きたくて行っていたわけではない。ピアノの講師をしていた祖母に、ピアノのレッスンを受けに通っていたのだ。俺の記憶の中の祖母はとても厳しい人だった。どれだけ泣いてもごねても、弾けるようになるまで、何度も何度も繰り返し練習させられた。レッスンだけでなく、生活態度や言葉遣いに対しても厳しい人で、俺はいつも怒られてばかりだった。ピアノのレッスンなんてやめてしまいたいとずっと思っていたが、なかなかそれを母に言い出せなかった。中学一年の夏に部活が忙しいことを理由にレッスンをやめてから、俺は祖母の家にはあまり近寄らなくなった。

久しぶりの祖母の家は、猫と線香の匂いに変わっていた。前は祖母の家の匂いがしていたのに、初めて来る場所のような妙な気分がした。家は広いが、快適とは言い難い。一番の不満はネット環境だ。家にネットの回線は引かれておらず、スマホの電波も繋《つな》がりにくい。玄関の辺りだけ唯一アンテナが三本表示されるが、他の部屋では一本か二本。Googleの検索だけで時間がかかるし、動画なんてまともに再生できない。東京にいた頃、ずっとYouTubeばかり観ていた俺にとってはそれがとても窮屈だった。最近のスマホの使い道はもっぱら、猫スペース、と打ち込むところから始まる。

大荷物を抱えてやってきた俺のことを、サンサは最初の二日はかなり警戒していたようだった。しかし、あっという間に俺を空気のように扱いだした。サンサにとって同居人はいないも同じ。我が物顔で歩き回り、俺のことなど見向きもしない。俺を意識する時といえば、食事の時間か、掃除機の時間くらいのものだろう。

一緒に暮らし始めて、まず困惑したのは食事の時間だ。サンサは決まった時間になると、キャットフードの入った戸棚を爪でガリガリとひっかいて音を立てる。食事を出せというアピールだ。一日に二回、夕方はまだ構わないのだが、朝五時にそれをやられるのがまいった。きっと祖母が早起きだったせいなのだろう。木製の戸棚が見る間に削られていくので、仕方なくサンサの朝食のためだけに早朝の目覚ましをかけることにした。新しい飼い主に合わせて生活習慣を改めよう、なんてことを猫が思うよりも、戸棚に穴が開く方が早そうだった。

これまでに分かっている中で特にサンサが嫌いなものは掃除機の音かもしれない。掃除機をかけようとして二度も足を爪でひっかかれた。祖母は人間のしつけにはあんなにも厳しかったくせに、猫のしつけには甘かったようだ。俺がサンサの怒りをかってしまうことは幾度かあり、最近は家の中でも長袖と長ズボンを着るようにしている。とりあえずサンサが部屋を移動するタイミングを見計らって、サンサの現在地から離れた部屋だけ掃除機をかけることを覚えた。そこらに毛を散らしてまわるくせに、掃除しても怒るのだから理不尽この上ない。

部屋を移動するといえば、この家に来てみて猫用の扉があることに驚いた。扉とはいっても、木製のドアの下部に二十センチ四方の穴が開けられ、のれんのように布がかけられただけの粗末なものだ。サンサはそこを通って各部屋を行き来している。正方形とは言い難い歪《ゆが》んだ形の穴もあり、祖母が自分で開けたのかもしれないと俺は思っている。断面はサンサが怪我《けが》をしないようにしっかりとやすりで磨かれていた。祖母がのこぎりを持っている姿が頭に浮かんで、その違和感に笑ってしまった。痩せた体をしていて、細長い指でピアノを弾く祖母に力仕事は似合わない。いや、違和感を覚えるのはむしろ祖母が猫のために働いたというところかもしれない。いつも偉そうにあれをしろ、これをしろと口うるさかった祖母が、猫のためならと汗を流してのこぎりを動かす。それが俺にはおかしいのだろう。家では猫が主人で、飼い主が奴隷だなんて冗談を聞くが、祖母もそれくらいサンサを溺愛していたのだろうか。

　掃除のためにサンサが家をどう移動しているのかを意識し始めてから気が付いたことがある。午後二時くらいになると、サンサはピアノ部屋へと移動する。ピアノ部屋――祖母がそう呼んでいた――は文字通りグランドピアノが中央に鎮座する部屋で、以前はそこに生徒を招いて祖母がピアノを教えていた。もう十年近く前に祖母はピアノ教室はやめてしまったのだが、未《いま》だにピアノはその部屋の中心にある。楽譜やCDが並ぶ棚の上には大きめの籠が置かれていて、そこがサンサの昼寝用の寝床になっていた。時間になるとそこにやってきて、二時間ほど眠っている。先日庭で雑草を抜いていると、隣人に声をかけられた。「ピアノの音が聞こえなくなって寂しい」とその人は言っていた。何時ごろに聞こえてきていたのかと尋ねると、いつも午後二時ごろだったと答えが返ってきた。サンサがピアノ部屋で昼寝をする時間と同じだった。

　サンサは祖母がいなくなったことに気が付いているのだろうかと、つい考えてしまう。祖母がいなくなって、俺が来て、でも何も気にした様子もなく我が物顔で暮らしている。寂しいとは感じているのだろうか。傍《はた》から見たところで全く分からない。そういうところは祖母に似ているかもしれない。俺が祖母のピアノのレッスンをなかなかやめられなかったのは怒られるのが怖かったからではない。それが怖かっただけならとっくにやめていたはずだ。孫がもうやめたいと言い出せば、寂しいとか、悲しいとか、そういう風に思わせてしまうだろうと考えていた。でも、母の口から俺がやめると告げられた時もその後も、祖母は悲しそうな顔はおろか、寂しそうな顔も見せなかった。祖母がどう思っていたのか、もう知る術《すべ》はない。罪滅ぼしではないが、サンサがピアノ部屋に行く時間に、俺も付いて行ってCDをかけてやることにした。昼寝をしている間、クラシックのピアノ曲を流しておく。こうしておけば、祖母がいなくなったことに気が付かないかもしれない。サンサーンスという作曲家のCDをよくかけてやる。たぶん名前の由来だろうと、本棚で見かけて気が付いた。

この間は、キッチンの収納スペースでお酒の瓶がいくつも並んでいるのを見つけた。祖父が生きていた頃に買ったにしては新しいので、おそらく祖母が飲んでいたのだろう。祖母がお酒を飲む人だとは知らなかった。ウイスキーや焼酎《しょうちゅう》、そして自家製らしき梅酒、それらと一緒に買いだめされたピーナッツの袋まで仕舞われていた。一人で暮らす夜に、祖母は晩酌《ばんしゃく》を楽しんでいたらしい。もったいないので俺が続きを消化することにした。酒の銘柄は詳しくなかったが、ネットで調べるとそれなりに値が張るものばかりだった。日が沈み切った後で、氷を入れたグラスに注いで、ピーナッツの袋を開ける。すると、サンサが珍しくテーブルの上に乗って、俺の手元へと近づいて来た。どうやらピーナッツをねだっているようだ。スマホで、猫スペースピーナッツ、と打ち込むと少量なら与えてもいいと表示された。二粒だけ与えると、サンサは満足そうにテーブルを降りた。いままで俺が食事をしていて近づいて来たことなどなかった。たぶん、このピーナッツは分けてもらえるものだと認識していたのだろう。祖母が与えていたに違いない。やはり猫には甘いのだなと、厳格な祖母の顔を思い返して一人でにやける。サンサと暮らしていると、度々祖母の顔が脳裏に浮かぶ。サンサの習慣はたいてい、祖母の習慣と結びついているからだろう。それはどれも俺の知らない祖母の姿だった。

　ただサンサの習慣の中で唯一よく分からないことがある。それは「冷たいフローリングの階段で寝ていることがある」ということだ。最初は暖房の効いた部屋で温まりすぎた体を冷やしているのかと思った。しかし、非常に寒い日でもその習慣は続いている。試しにいつも寝ている場所の横に小さな毛布を置いてやると、毛布の上で寝るようになった。やはりフローリングは冷たかったらしい。冷たくて快適だからそこにいるというわけでもない。このサンサの習慣もきっと祖母の習慣に関連している。そう思うと余計に気になってくる。祖母が階段で何かをしていたから、サンサはそこで寝るのだ。ただ、祖母がほとんど二階に上っていないことは分かっている。俺がここに来た時、二階は埃《ほこり》でいっぱいだった。この広い家で一人で暮らすのに二階はいらないし、ここ数年の祖母は足があまりよくなかったと母は言っていた。祖母が階段に近づくことは稀《まれ》だったはず。廊下に立って祖母が何をしていたのか想像してみる。しかしどれだけ考えても、最近の祖母を知らない俺には、その答えにたどり着けなかった。もう少しくらい会っておけばよかったと、今更ながら思う。本当に今更だ。

日曜にマスクとゴーグルを着けた母が遺品の整理にやってきた。猫アレルギーの対策らしい。祖母が生きていた頃もそんな恰好《かっこう》で来ていたのかと聞くと、母はそうだと答えた。「実の娘よりも猫が可愛《かわい》い人だったの」とため息をついた。サンサが来てからは母もそんなにここを訪れていたわけではなかったようだが、一応、サンサが廊下で寝る理由に心当たりがないかと聞いてみた。すると、母は馬鹿にしたように笑った。

「玄関に椅子置いたのあんた？」

「あそこが一番電波繋がるんだよ」

電波の弱いこの家でネットの動画を観る時は、そこに座って観るしかない。

「あんたがそんなとこでスマホやるから、それが見下ろせる場所で寝るんでしょう」

母はなんてこともないように言った。階段のサンサが合わせていたのは祖母の習慣ではなく、俺の習慣だったのかとやっと腑《ふ》に落ちた。

スマホから顔を上げて、ふと見上げるとサンサと目が合う。サンサがすぐに目を逸《そ》らしてあくびをするので、俺はスマホをポケットに仕舞って階段を上った。その頭を優しくなでてやると、サンサは勝ち誇ったような表情でゴロゴロと鳴いた。

真っ白な目撃者　おぎぬまX

今日も日差しがひどく眩《まぶ》しい。

閑静な住宅街の庭付き一戸建て。二階の窓が開いていることを確認してから、ここにしようと心に決めた。

家族構成は四十代の夫婦、高校生の娘と中学生の息子……どこにでもいる四人家族だ。以前から目をつけていた家の一つなので、全員が留守なことは確認できている。

俺は素顔を隠すためにつけたサングラスを指でつまむと、家に向かって歩き出した。

空き巣はスピードが肝心だ。

周囲を窺《うかが》いながら、堂々と庭に足を踏み入れる。侵入口は二階のベランダだが梯子《はしご》なんて必要ない。

この家の側面には、隣家を遮るフェンスと物置がある。まずは腰の高さほどのフェンスに足をかけ、物置の屋根に登り、そこから二階に向かって飛び移る。

ベランダの内側に素早く体を放り込むと、息を殺して十秒数えた。

遠くで自転車のベルの音が聞こえただけで、街の静けさに変わりはない。どうやら誰にも見られずに済んだようだ。

侵入成功の興奮で胸が高鳴る。あとは片っ端から金目の物を盗むだけ。

さっそく開けっぱなしの窓から室内に入ると、娘の部屋だった。

まだ高校生だからだろう、ブランド物のバッグ一つ持っていやしない。娘の部屋をスルーして廊下に出ると、俺は夫婦の寝室を探した。

夫婦の寝室は宝の山だ。結婚指輪に貴金属、腕時計に高級バッグ、預金通帳、エトセトラ……。特に子供のいる家庭の母親は、何かがあった時のために、家のどこかに〝へそくり〟を隠していることが多い。

手始めに近くのドアを開くと息子の部屋だった。残すドアは二つ。小さいドアはトイレなので、奥のドアが寝室だろう。

その時、一階からゴトッと物音がした。

――な？

俺はつま先立ちをしたまま硬直した。警鐘を鳴らすように心臓が激しく動く。

家に誰かいるのか？

いや、そんなはずはない。父親は会社、母親はパート、子供は学校に行っているはずだ。全員が留守なのは確認できている。

静寂が続く。俺は寝室を後回しにすると、さきほどの物音の正体を突き止めるべく、一階へ向かうことにした。

忍び足で階段を降りると玄関が見えた。子供が早退でもして帰ってきた可能性もあったが、三和土《たたき》にローファーやスニーカーは並んでいない。

やはり、誰かが帰ってきたわけではなさそうだった。

リビングのドアを少しだけ開けて室内を覗《のぞ》くが、革張りのソファーにもリクライニングチェアーにも人の姿はない。俺はゆっくりと部屋の真ん中まで進んだ。

四十インチの液晶テレビ、婦人雑誌が置かれたローテーブル、部屋の隅に放置された白いクッション、カーテンが閉まったはめ殺しの窓、その側《そば》に並べられた鉢植え。

一見、どこにでもあるリビングのようだが――奇妙な点が一つあった。

壁やテーブル、タンスの角など、至るところにコーナーガードと呼ばれる緩衝材が取り付けられていたのだ。

やばい、計画が狂った。下調べの段階では気付けなかったが、この家には幼い子供か、あるいは介護が必要な高齢者が住んでいたのか？

身を低くしながら周囲を窺っていると、背後から再び物音がした。

「にゃーお」

「おわわッ⁉」

俺は間抜けな声を発して飛び上がった。振り向くと、さきほどクッションだと思い込んでいた物体から視線を感じる。

目を凝らすと、白いクッションはドーム型の猫用ベッドだった。その中に、新雪が降り積もったような、美しい毛並みをした白猫が丸まっている。

「猫を飼っていたのか……」

俺は深呼吸しながら乱れた心を落ち着かせた。

幸い、白猫はベッドの中から出ることなくジッとしている。これが犬だったら、今頃吠《ほ》えられまくって退散していたことだろう。室内を見回すが、留守中の猫を見守るためのカメラも設置されていないようだった。

——なら、続行だな。

リビングが五分、二階の寝室が十分、合計十五分で済む。猫ならいたところで問題はない。

空き巣はスピードが肝心だ。俺は四段あるタンスの引き出しを次々と開けて、金目の物を探し始めた。

へそくりの隠し場所はタンスと相場が決まっている。引き出しに敷き詰められた小物を放り投げ、奥底まで手を伸ばすが、残念ながら目ぼしい物はなかった。

後片付けはここの家族に任すとして、次は本棚を調べる。

片っ端から手に取った本をめくっては、乱雑に投げ捨てる。本の中から現金が入った封筒が出てこないかと期待したが、ここもハズレだった。

白猫が見守る中、今度は窓際に並んだ鉢植えを調べることにした。以前、盗みに入った家では、観葉植物の鉢の下に現金が隠されていたからだ。

「ん？」

鉢植えを持ち上げようとした時、違和感があった。鉢カバーの部分が床とくっついていて離れなかったのだ。

力任せに引《ひ》っ剥《ぺ》がすと、ベリベリ……とテープが剝がれる音がした。鉢カバーの裏側を見ると両面テープが貼られている。他の鉢植えも同じく床に固定されていたが、何かが隠されているわけでもなかった。

地震対策だろうか、それにしてはやりすぎじゃないかと俺は首を傾《かし》げる。

もしやと思い、かご編みのゴミ箱、羽のない扇風機、アンティーク調の帽子掛けを調べてみたら、どれもテープで床に固定されていた。

「なんなんだよ……この家?」

俺は白猫に尋ねるように呟《つぶや》いた。この家のリビングは、床に接するものを全て粘着テープで固定してるらしい。

どんな家でも一つや二つ、おかしなところはあるものだが——ここは異常だ。

巨大なゴキブリホイホイにでも迷い込んだ気分だった。自分の足が床に固定されてないか思わず確かめる。

白猫が呑気《のんき》そうに欠伸《あくび》をした。俺は気を取り直して仕事を再開する。

——空き巣を働くことに罪悪感はなかった。

元々、俺だって善良な市民だった。一生懸命まじめに働いていたのに、病気が原因で職を失った。だから不幸な俺は空き巣に入って、幸せな家庭を少しだけ不幸にする。

リビングをあらかた荒らした俺は、二階へ移動する前にキッチンに目をやった。

冷蔵庫に留められた封筒を見つけて、口笛を吹く。

灯台下暗し。塾の月謝なら数万くらいは入ってるかもしれないと手に取ると、思ってた以上に封筒が分厚くて驚いた。

「え？」

封筒の中身を確認した俺は目を疑った。予想通り、現金が入っていたのだが、ざっと数えてみると万札が五十枚近くあったのだ。

おいおいおい……なんで、こんな大金が冷蔵庫に貼られているんだよ？

期待以上の大収穫だというのに、不気味さが勝って素直に喜べない。

「にゃーお」

鳴き声がしたので振り返ると、白猫がベッドから出てきたところだった。

鼻先をクンクンと鳴らしながら、おぼつかない足取りで歩き出す。床一面に散乱した小物や本を、前足ではたく姿を見て確信する。

俺は白猫の側に近寄ると、サングラスを外して、相手の瞳を見つめた。

「お前、目が見えないのか」

白猫の瞳に色はない。この猫は白内障を患っている。

俺は改めてリビングを見回すと勝手に納得した。

至るところにあるコーナーガードは、盲目の猫が身体《からだ》をぶつけて怪我《けが》するのを防ぐためだ。あらゆるインテリアが床に固定されているのも、似たような理由だろう。

盲目の猫は、リビングの家具やインテリアの配置を匂いや経験で記憶する。

そのため模様替えなどによって、それらの配置を変えてしまうと、せっかく作り上げた脳内地図を書き換えることになってしまう。

だからこの家では、あらゆるインテリアの位置を少しもずらさないように、両面テープを使って床に固定していたのだ。

俺は手にした封筒を裏返すと、目を擦《こす》って滲《にじ》んだ文字を読み上げた。

「……ユッキーの手術代」

名前を呼ばれたせいか、白猫が「みゃあ〜」と甘えるような返事をした。

白内障が進行した猫でも、人工レンズによって視力を取り戻すことが可能だと聞いたことがある。だとすれば、この白猫は近々、手術を控えているわけだ。

もう一度、足元に視線を落とす。白く濁った瞳と目が合った。

一時間後。俺の眼前には、綺麗《きれい》な状態に戻ったリビングが広がっている。

あれから俺は、床一面に散乱した小物や本を拾い集めて、元の場所に片付けた。

額の汗を拭うと、足元で鼻先を押し付けてくる白猫を抱き上げる。

「ごめんな。完全に元の状態とは言えないかもしれないけど、許してな」

最後に封筒の中身を元に戻すと、この家に侵入した時と同じように、二階の窓から脱出した。忍び込んだ家にこんなに長居したのは初めてだ。

「じゃあな、ユッキー」

俺は何食わぬ顔で住宅街を歩きながら、ふとサングラスを外した。

色のない瞳で、白くぼやけた景色をぼうっと眺める。

長距離ドライバーだった俺は、白内障を患い職を失った。長く放置していたため、手術後も俺の視界は、逆光を浴びたように白くぼやけたままだ。

そのせいで、ベッドの中で丸くなっていた白猫をクッションだと見間違えたり、封筒に記された文字が滲んで読めないようなことがある。

そんな俺でも、遠くから近づいてくる白い物体が何かくらいは分かった。

真っ白の車体、その上で真っ赤な回転灯が激しく点滅している。

誰かに見られたのか通報されていたらしい。

せめて、もう少し早く脱出していれば……やはり空き巣はスピードが肝心だ。

パトカーが俺の目の前で停車する。俺は振り返ると、ユッキーがいた家を見た。

今日も日差しがひどく眩しい。

黒猫の効用　三日市零

「沙羅《さら》ってば、正気？　アラサーがペットに手を出すとか、終わりの始まりじゃん」

親友の莉桜《りお》がぽろりとスコーンを取り落とした。「最近、猫を飼い始めた」と報告したただけで、手厳しい反応である。


そう。三週間前の雨の夜、住んでいるマンションの植え込みに段ボール箱が捨てられていた。中には毛布にくるまれた、小さな黒猫が入っていたのだ。

一瞬だけ迷ったが、寒さに震える黒猫を放っておくことなどできなかった。何より、猫が呼んでいた気がしたのだ。「沙羅、助けて」と——

ちょうど二十六歳になったばかりだったし、あたしは「自分への誕生日プレゼント」として、新しい家族を迎え入れることにした。ここ最近で一気に増えた写真をスクロールして、順番に見せていく。

「名前は『ノクス』、ラテン語で『夜』って意味でね。目が綺麗《きれい》な金色なんだ」

「うわ、黒猫ってのが更に不吉だ。何で敢《あ》えてそこを選んだかなぁ」

「そうかなぁ、凄《すご》く可愛《かわい》いよ。どこかの企業が開発したっていう、光を九十九パーセント吸収する塗料みたいな、真っ黒な毛並みでね……」

絶妙にかみ合わない会話に、莉桜が深々とため息をついた。

「ダメだ、親友がヤバい沼に片足を突っ込んでる。そのうち専用アカウント作って、インスタに大量に写真をアップする未来が見える」

酷《ひど》い偏見に苦笑していると、莉桜はフォークを左右に振った。

「猫じゃなくてさ、人間に興味を戻しなよ。職場で誰かいい人、いないの？」

「うーん……ウチの職場、男性が少ないからなぁ。いたとしても既婚者ばっかだし」

実際、その通りだった。薬剤師の一般的な男女比は四対六だが、勤め先の調剤薬局は一対九だ。普通に働いているだけでは、明らかに出会いの機会が足りない。

「じゃ、マチアプでも何でもいいから、さっさと彼氏見つけなよ。スマホ貸してみ」

言うが早いか、莉桜は慣れた様子でアプリをダウンロードすると、さっさと登録やらマッチング申請やらを完了させてしまった。


結局、ノクスのほんわかエピソードは一割も披露できないまま、高級ホテルでのアフタヌーンティー会はお開きになった。帰宅した勢いそのままにソファーに倒れ込むと、留守番をしていたノクスが肘掛けに飛び乗ってくる。

「ただいま、ノクス。良い子にしてた？」

頭を撫《な》でると、ノクスが「みゃあ」と甘えるように目を細めた。すっかり安心しきった表情に、何だかこちらまで口元が緩んでくる。

ノクスを抱いたまま、仰向《あおむ》けに寝転がった。温かい体温とともに今日の辛辣なダメ出しが浮かんできて、思わずため息が出る。

もちろん、あたしだって彼氏は欲しいし、結婚にも憧れはある。というか、チャンスがあるなら今すぐにでも結婚したい。

結婚さえしてしまえば――あの因習村みたいなド田舎《いなか》に帰らなくて済むからだ。

父親がいないあたしは、過保護なママと厳しいおばあちゃんの二人に育てられた。進学を機に東京で一人暮らしを始めたはいいものの、やはり二人はあたしに帰ってきてほしいのか、隙あらば「帰って家業を継げ」と、深刻な顔で宣《のたま》ってくる。

冗談じゃない。確かに薬剤師の仕事は全国どこでもできるが、せっかく摑《つか》んだ東京ライフを、そう簡単に諦めるわけにはいかない。

メイクを落として洗顔を済ませ、週末用のシートマスクを貼り付ける。その間もノクスは大人しく膝に乗っかったまま、ゴロゴロと喉を鳴らしていた。

鏡を見ながらふと考える。自分がモテないのは、単に出会いがないから。それ以外に理由はない……そう信じたい。

「そんなにブスじゃないと思うんだけどなぁ」

目はぱっちりした二重で睫毛《まつげ》も長いし、肌も色白で綺麗なほうだ。鼻は……ほんの少し鷲鼻《わしばな》気味だが、整形が必要なレベルで酷いわけじゃない。

「ね、ノクスもそう思うよね？」

手近な女友達（黒猫・年齢不詳）に意見を求めたところで、「にゃあ」と、どっちつかずの返事があるばかりだ。何だか可笑《おか》しくて一人で笑っているうちに、雑然と物が散らばった床が目に入った。

他に原因があるとしたら——女子力だろうな。

料理は得意だが、それ以外の家事——特に掃除は壊滅的だった。餞別《せんべつ》でおばあちゃんから貰《もら》った高級箒《ほうき》は、長年未使用のまま、部屋の隅で埃《ほこり》を被《かぶ》っている。

とはいえ、ノクスが来てから仕事のほうは絶好調だった。後輩の調薬ミスに気付いて医療事故を未然に防いだり、苦手なお局《つぼね》が怪我《けが》で入院することになったりと、何かと都合のいい出来事が続いている。自分自身も第六感が鋭くなったというか、細かいところにまで目が行き届くようになった気がする。

ふと見ると、スマホに通知が届いていた。昼間のマッチング申請がうまくいったようで、メッセージのアイコンが点滅している。

特に期待もせずプロフィールページを開いた瞬間、心臓が跳ね上がった。

目に入ってきたのは、優しそうな男性の写真だった。中性的で柔らかな雰囲気は、正直言って好み、どストライクである。

思わずノクスに話しかけた。

「素敵な人からデートに誘われたよ。やっぱりノクスは幸運の女神なのかもね」

寿人《ひさと》、という名前の彼は、実物は写真の何十倍もカッコ良かった。年齢はあたしの二つ上で、不動産系のベンチャー企業で働いているらしい。

寿人は話が上手で、エスコートも都会的で洗練されていた。田舎出身のあたしを馬鹿にしたりせず、くだらない話も楽しそうに聞いてくれた。寿人も猫が好きだそうで、飼い始めたばかりのノクスの話でも大いに盛り上がった。

何回かデートを重ねた後、寿人のほうから正式に交際を申し込まれた。もちろんあたしの返事は「ＹＥＳ」だ。

ある日のディナーの後、寿人が照れたように俯《うつむ》いた。

「今日、この後、ノクスちゃんに会いに行ってもいいかな」

その先のことを想像しながら、頷《うなず》く。繋《つな》いでいた手が、ほんの少しだけ震えていた。

部屋に男の人を入れるのは初めてだった。食後のコーヒーを用意しようとキッチンに向かったところで、背後に人が立つ気配がする。

『……そろそろいいだろ、こいつも』

「え？　何か言った？」

振り向いた瞬間、寿人が焦ったように何かを後ろ手に隠した。同時に、足下にいたノクスが寿人の背中に飛びつき、がちゃん、と、黒いものが床に落ちる。

――スタンガンだった。

寿人の顔が一気に青ざめる。何が起こったのかわからないまま、気付けばあたしはキッチンの壁際まで追い詰められていた。

「お、大声出すなよ！　大人しくしろ！」

寿人が物凄い力であたしの腕を掴んできた。血走った目に荒い呼吸、突然の豹変《ひょうへん》ぶりに泣きそうになっていたところで——

『その手を離せ』

足下から、老婆のような声がした。

『沙羅に手を出したら、お前を殺す』

金色に輝く目の下、ノクスの口元がはっきりと動いている。

寿人の顔が恐怖に染まった。

「……え、な、何で猫が！　くそっ、この化け物！」

怯《おび》えたように後ずさりながら、寿人は近くにあったマグカップを投げつけた。ノクスはしなやかにそれを躱《かわ》すと、目にもとまらぬスピードで寿人の足下を走り抜ける。バランスを失った寿人の身体《からだ》が大きく後ろに傾《かし》いだ。寿人はシンクの角に強《したた》かに頭を打ち付けると、そのまま気絶してしまった。

「ご通報どうもありがとうございました。マッチングアプリで出会った相手をスタンガンで気絶させ、金目のものを奪う——どうやら常習犯だったみたいです」

警察官の説明を聞きながら、今更になって身体が震えてきた。

もちろん、本当のことを言うわけにはいかないので、「飛びかかってきたノクスに驚いた寿人が勝手に転んだ」と、微妙に嘘《うそ》を交えた説明はしている。状況にも特に不自然な点はなかったので、警察官は素直にあたしの話を信じてくれたようだった。

「それにしても、薬でもやってたんですかね、あの男。『猫が喋《しゃべ》った』とか何とか、訳の分からないことを……」

警察官がちらりとノクスを見やる。ぷいっとそっぽを向くノクスに、警察官は「可愛《かわい》い猫ちゃんですねぇ」と口元を綻ばせた。

ドアが閉まった瞬間、足下から先ほどと同じ声がした。

『おめでとう、サラ。これでアンタも一人前だね』

思わずその場にへたり込んだ。

「……やっぱり、おばあちゃん。猫に変身してまで、一体何しに来たのよ」

『もちろん、アンタの力が目覚めたかどうか、見極めるためさ。まったく、プレゼントした箒も全然使わないで……』

ノクス改めおばあちゃんが、軽やかな足取りでリビングに戻っていく。慌ててついていきながらも、頭の中には故郷の「掟《おきて》」が嵐のように渦巻いていた。

確かに「十三歳になったら、一人前になるために知らない町で一人暮らしをする」なんて掟はあった。だが、現代では十三歳で一人暮らしなどできないので、掟は形を変え、今の基準は「十八歳」になっている。

思い当たる節はあった。最近妙に勘が鋭くなって、仕事で褒められることが増えたのも。まるで呪いがかかったように、苦手な先輩に不幸が訪れたのも。突然、寿人の心の声が聞こえるようになったのも。ノクスの声が聞こえるようになったのも。

――全部、あたしが力に目覚めていたからだったのだ。

あたしの混乱を見透かしたように、ノクスがぴょん、とテーブルの上に飛び乗った。

『サラは私に似て魔力が強くて、頼もしい限りだよ。さて、そうなれば里に戻って、家業を……』

慌てて「ちょっと待って」と遮った。

ノクスに罪はない。危ない男から救ってくれたことにも、感謝はしている。

だが、この令和の時代に――「魔女」なんて古臭い家業、死んでもゴメンだ。

「嫌だって言ってるでしょ！　あたしは絶対、魔女なんて継がないんだから！」

猫又警部と猫のいる殺人現場

貴戸湊太

「この猫ちゃんは、殺しが起きた瞬間を目撃している」

おもむろに立ち上がった猫又《ねこまた》警部は、何でもないように言ってのけた。皺《しわ》の深い顔で真面目《まじめ》に伝えられたので、俺は思わず「へ？」と気の抜けた声を漏らしてしまう。

「もう少し猫ちゃんの話を聞く。静かにしていてくれ」

警部は再び、朝日の射《さ》す廊下に屈《かが》み込んだ。そこにはこの家で飼われている黒猫がいて、大きな瞳でじっと彼のことを見つめていた。

警部はふんふんと頷《うなず》きながら、なーおと鳴き始めた黒猫の話を聞いている。捜査一課の警部が、捜査を放り出して猫と会話をする。こんなことは前代未聞だ。俺が何も知らない新米刑事だから、からかっているのだろうか。

「あの、猫又さんはどうしてしまったんですか」

先輩刑事の犬飼《いぬかい》に小声で尋ねる。すると彼は苦笑してこう答えた。

「ああ、お前は初めてだったか。あの人はな、猫と会話ができるんだ」

猫又洋三《ようぞう》。警視庁捜査一課に所属する五十三歳の警部だ。階級は高いが、捜査能力や部下の指揮能力に目立ったものはない。俺は捜査一課に来て日は浅いが、精鋭の集う捜査一課に、どうしてこんな人が籍を置いているのか不思議だった。だが、その答えがこれなのか。

「猫又さんは猫の言葉が分かる。人間と同じように会話ができるんだ」

犬飼に説明され、困惑がますます広がった。そんな話があっていいのだろうか。

「お前が捜査一課に来る前、新宿で通り魔事件があっただろ。あれは、猫又さんが新宿に住む猫たちから目撃証言を集めて、犯人を特定したんだ。他にも、渋谷のタワマン殺人事件、目黒の一家惨殺事件も、猫又さんが現場にいた猫を聴取して解決したんだ」

眩暈《めまい》が起こりそうだった。もしこれが事実だとしたら、世間を仰天させる一大事だ。

「もちろん、猫から証言を得て解決したなんていうことは、外部には絶対に言えない。馬鹿にされるのがオチだからな。でも、あの人の能力は本物だ」

警部は猫と会話ができるから捜査一課にいる。確かに公にはできない情報だ。

「おい、猫ちゃんの証言が取れたぞ」

背後から声がした。ビクッとして振り返ると、猫又警部が黒猫を抱いて立っていた。

「どうでしたか。犯人の正体は分かりましたか」

犬飼が勢い込んで問い掛ける。そうだ、今は事件の解決の方が優先だと俺は考え直し、事件の概要を思い浮かべた。

事件が起こったのは、世田谷《せたがや》の閑静な住宅街に建つ一軒家だ。そこに住む主婦・黒井寧子《くろいねいこ》三十六歳が、深夜に寝室で殺害されていた。死因は胸を刃物で刺されたことで、胸にはナイフが突き立ったままだった。ベッドで寝ているところを殺害されたようだ。

寧子に子供はおらず、同居しているのは夫だけだった。しかしその夫は事件当夜、大阪に出張中で、今朝帰宅して死体を発見している。ちなみに、家の玄関ドアも窓も、全て施錠されていた。

「猫ちゃんは、事件発生時に現場にいたらしい。そこで覆面をかぶった怪しい男が、被害者にナイフを突き立てるのを見たそうだ」

猫の証言を伝えてくれている、のだろう。猫又警部が至極真面目な顔つきで言う。

「なるほど。猫は夜目が利くので、暗闇でも犯人を目撃できたわけですね。でも覆面をつけていたんじゃ、顔までは分かりませんね」

犬飼が当たり前のように返事をする。だが俺には、猫の証言など信じられない。

「そうだな、顔が分からないのは痛手だが、まあいい。被害者の夫に話を聞こう」

警部が黒猫を抱いたまま言った。猫を伴って聴取するらしい。

別室に入ると、三十代ほどの男性が項垂《うなだ》れて待っていた。被害者の夫の稔侍《ねんじ》だ。

「この猫ちゃんは、いつから飼っているんですか」

不意に警部が、腕の中の黒猫について質問をした。稔侍は歯を嚙《か》みしめて答える。

「半年前からです。妻が買って来まして。でも、可愛《かわい》いので私も気に入っています」

「猫ちゃんはいつも、寝室にいるんですか」

「大抵は自由気ままに出歩きますが、寝る時は、妻が寝室の中に入れていました」

ふうん、と息を吐き、猫又警部は黒猫を撫《な》でた。

「では少し踏み込んだ質問をさせていただきます。奥様との夫婦仲はいかがでしたか」

唐突な質問の変化だった。稔侍の表情に困惑の色が浮かぶ。

「良くはありませんでした。喧嘩《けんか》が絶えず、離婚も考えていましたから。原因は妻の浮気癖です。相手は一人や二人ではないようでした」

稔侍は吐き捨てるように言った。よほど鬱憤を溜《た》め込んでいたらしい。

「ちなみに事件当夜は、出張先の大阪にいらしたそうですね」

猫又警部がそう問い掛けると、稔侍は不快そうに口元を歪《ゆが》めた。

「アリバイですか。残念ですが、私のアリバイは完璧ですよ。事件発生時には、遠く離れた大阪のホテルにいましたから」

「ええ、完璧です。ただ、この家の玄関ドアと窓が全て施錠されていたのが気になりましてね」

「鍵を持っている私が怪しいということですか。ですが、合鍵があれば問題ないでしょう。妻は、浮気相手の何人かにはきっと合鍵を渡していますよ」

鍵の件は気に掛かっていたが、合鍵があれば決定打にはならないようだ。

さあどうすると警部の方を見ると、彼は黒猫の顎を触りながらさらに質問を放った。

「ですが、私が本当に気になっていることはもう一点あるんです。犯行の瞬間、現場が暗闇だったのが気になりましてね。暗闇でも被害者の寝ている位置を察知できた。これは寝室の間取りに詳しい者の犯行かと思いまして」

犯行の瞬間、現場が暗闇だったのは、あの黒猫が証言していることだろう。

「そんなもの、聞いて知っていただけかもしれないし、犯人が犯行時にだけ明かりをつけたのかもしれないじゃないですか。後で消せば、捜査でも分からないでしょうし」

「おお、そうでしたね。これは失礼しました」

そう返事をしつつも、猫又警部はその可能性は考えていないようだった。猫の証言と矛盾するからだ。そして、彼は俺たちを招き寄せ、小声でこう言った。

「事件の真相が分かった。別室で話そう」

「真相が分かったって、本当ですか」

別室で犬飼が問う。しかし俺は、こんな短い間に何を摑《つか》んだのかと半信半疑だった。

「ポイントは二つある。一つ、犯行の瞬間に現場が暗闇だったこと。二つ、犯人は犯行時、覆面をかぶっていたということ。いずれも猫ちゃんが目撃したことだ」

当然のように猫の証言を信じている。もはや突っ込む気も起こらなかった。

「だがこの状況は奇妙なんだ。家の中には、被害者が一人だけ。しかも深夜の暗闇の中、犯人は眠っている彼女の胸を刺すという確実な殺害方法を取っている。顔を隠す必要などないように思えないか」

確かにその通りだ。確実な殺害方法を取っているから、顔を見られてもどうせ殺すので問題なし。しかも顔を見られにくい暗闇での犯行だ。それなのに、覆面をつける。どこかちぐはぐなように感じる。

「念には念を入れたんじゃないでしょうか」

犬飼があっけらかんと返す。だが、猫又警部は首を振った。

「ただでさえ視界の悪い暗闇の中、覆面をつければさらに視野が狭まり、殺し損ねる可能性もあった。それなのに、犯人は覆面をつけた。そこには理由があったはずだ」

「その理由というのは？」

首を捻《ひね》りながら犬飼が問うと、警部は何でもないように言った。

「猫ちゃんに顔を見られないためだ」

一瞬、ぽかんとした間が空いた。思わず苦笑が漏れてしまう。

「猫又さん、そりゃ猫は夜目が利いて暗闇でも犯人を目撃できます。でも、猫に顔を見られても、誰も問題があるとは思いません。予防策として覆面をかぶったりしませんよ」

俺はつい辛辣に指摘してしまうが、警部は平然としていた。

「そうかな。実際に、俺は猫ちゃんと話ができる。覆面がなければ、犯人の正体はすぐに分かっていたかもしれない」

「それは猫又さんが特殊なだけで……。そもそも、誰も猫又さんの能力のことは知らないでしょう」

「いや、捜査一課の人間なら知っている」

その一言で緊張が走った。まさか、警部の言おうとしていることというのは。

「犬飼、お前最初に廊下で言ったよな。猫ちゃんは夜目が利いて、暗闇でも犯人の顔を目撃できた、と。でもあの時、俺は現場が暗闇だったとは一言も言っていないぞ。初めて言ったのはその後、稔侍さんとの会話の中でだ」

振り返ると、犬飼の顔色が蒼白《そうはく》になっていた。

「どうして現場が暗闇だったと知っていたんだ。猫ちゃんとの会話はできないのに」

素人《しろうと》の稔侍でさえ、現場が暗闇だったことには疑問を呈した。捜査一課の刑事である犬飼が、その可能性を無視したとは思えない。

「お前は犯人だったから、犯行時に現場は暗闇だったと知っていた。そう考えるより他にないな。大方、奥さんの浮気相手の一人がお前なんだろう。こっそり作っていた合鍵で家に侵入し、殺人を行ったんだ」

犬飼は、猫又警部の能力を知っていた。被害者の就寝時、寝室に猫がいるのも聞いていたのだろう。その猫に顔を見られることは確実なので、覆面をつけたのだ。

「くそっ、嫌な予感はしていたんだ」犬飼は崩れ落ち、力なく床に手を突いた。

「現場に猫がいるなら、猫又さんが出てくる。見抜かれそうだとは感じていたよ」

「だったら、どうして殺したんだ」

警部の静かな問い掛けに、犬飼は拳で床を打った。

「急に別れたいって言われたんですよ。あまりのことに感情を抑えきれず……」

犬飼の言いわけを聞きながら、警部は抱いている猫の鳴き声にも耳を傾けていた。

「猫ちゃんは聞いていた。被害者は、猫ちゃんと純粋な心で触れ合ううちに、浮気なんていう馬鹿なことはやめようと決意したらしい。夫婦仲を修復するつもりだったようだ」

「何だよ、それ。ふざけんな。だったら最初から浮気なんてするんじゃねえよ」

犬飼は床に突っ伏して号泣する。黒猫は猫又警部の腕の中で、その姿をじっと見つめながらなーおと鳴いた。黒猫が犬飼に何か言葉を掛けたのか。それを知っているのは、猫又警部ただ一人だけだった。

お爺ちゃんの遺産　歌田年

ぼくのお爺《じい》ちゃんは大手電機メーカーの技術者だったけれど、定年退職してフリーの発明家になった。社員時代の発明は会社のものになっているので、新しい発明をしてその特許で自活するんだと頑張っていた。だけどなかなかうまくいかず、貯金も無くなって年金だけでは苦しいというので、ぼくの家で一緒に暮らすことになった。

ぼくは苦手な数学や理科の宿題を手伝ってもらったし、高校に上がるとチンプンカンプンだった微分・積分も繰り返しレクチャーしてくれた（結局今でもチンプンカンプンのままだが……）。

もちろんお爺ちゃんは遊び相手にもなってくれた。プラモデルの楽しさを教えてくれたのもお爺ちゃんだ。ある時などは、ぼくが完成させて放置していたガンプラに、いつの間にか駆動装置を組み込んでリモコンで歩けるようにしてしまった。しかも電飾内蔵でカメラアイやビームライフルの銃口も光った。よく友達に自慢したものだ。

そのお爺ちゃんが認知症ではないかと家族が疑いを持ったのは一年ほど前だった。というのも、〈ルンバ〉とまったく同じ機構のロボット掃除機の設計図を描き、〈文化女中器〉と名付けていたからだ。それは一九五八年に翻訳出版されたロバート・A・ハインラインのSF小説『夏への扉』の中に出てくるロボット掃除機の名前なのだ。

おそらくお爺ちゃんは昔この小説を読み、いつか自分の手で実現したいと思っていたのだろう。だけど、二〇〇二年にアメリカのiROBOT社に先を越されてしまった。お爺ちゃんはその事実を忘れてしまっていたらしい。いつの間にか〈文化女中器〉を特許庁に出願して、審査で弾《はじ》かれたと言って肩を落としていた。それはそうだろう。〈文化女中器〉というネーミングだって今どきコンプライアンス的に問題アリアリだし（原語の〈ハイヤード・ガール〉もたいがいだけど）。

だがその後もお爺ちゃんは、ロボット家電の発明に情熱を注ぎ続けた。

ある夏の日、お爺ちゃんは自分の部屋にぼくを呼んだ。室内はひどく蒸し暑かった。きっと歳《とし》のせいで暑さを感じないのだ。たまらずぼくは窓を全開にした。

「お前に遺産を遺《のこ》すことにした。生前贈与じゃ。だがお金じゃない、今世紀最大の発明品じゃ」と、お爺ちゃんは言った。

「今世紀最大の……発明品？」

話がデカすぎる。たぶん認知症がお爺ちゃんにそう言わせているのだ。

「そうじゃ。これを手に入れたお前は、神々にも悪魔にもなれるのじゃ！」

神にも悪魔にもだって？　それ『マジンガーZ』のセリフのパクリじゃないのか。

お爺ちゃんは作業台から風呂敷にくるまれた約三〇センチ四方の塊を取ってきた。卓袱台《ちゃぶだい》の上に置く。ち、小さい……。

「ジャンジャジャ〜ン！」と言って、お爺ちゃんは勢いよく風呂敷を取った。「本邦初のリアル猫型ロボットだい！」

それはソニーの〈ａｉｂｏ〉にソックリだった……。一応、猫に見えなくもないボディは車の補修用ポリエステルパテで成形されていた。いつかぼくがホームセンターで買ってきてあげたものだ。各部の関節もそれなりに可動しそうに見える。しっかりヤスリ掛けされ、つや消し黒のスプレーが吹き付けられていた。黒猫というわけだ。

「名付けてＡ・Ｉ・Ｂ・Ｙ・Ｏ、アイビョじゃ」

ＡＩＢＹＯ……愛猫か。確かにリアルな猫型は本邦初かもしれないが、韓国には〈Ｍａｉｃａｔ〉という先行品もある。しかしこんな小さなロボットでどうやってぼくが神や悪魔になれるというんだ。四次元ポケットだってどこにも見当たらないぞ。

お爺ちゃんは白い顎ヒゲをしごきながら得意げに説明する。「完全防水。赤外線センサで夜間活動も可能。足先のマイクロアンカーを使えば垂直の壁も登れる。ニッケル・水素充電池内蔵で、尻尾《しっぽ》の先端のコネクターを〈ルンバ〉のホームベースに接続すれば充電可能じゃ」

へえ。一応もう〈ルンバ〉は認識してるのね。

「ところでお前は石ノ《いしの》森《もり》章太郎《しょうたろう》を読んでいるか？」と、お爺ちゃんは唐突に訊《き》いてきた。

「ええと……〝００９〟なら少し」

「それはサイボーグじゃろ。今はロボットの話をしとる」

そう言われましても。そもそもぼくの世代では昭和のマンガはそんなに読まない。

お爺ちゃんは構わず続けた。「キカイダーには『良心回路《ジェミニィ》』や『服従回路《イエッサー》』、ロボット刑事Ｋには『制御回路《アシモフコード》』が取り付けられとる。そこでワシはこのＡＩＢＹＯに『徘徊回路《ドラネコード》』を実装させたんじゃ」

「ドラネコード？　何それ」

「猫の性格といったらお前は何だと思う」お爺ちゃんは質問に質問で返してきた。

「猫の性格？　えーと……マイペース、気まぐれ、ツンデレとか――」

「まあ、そんなところじゃろう。あとは〝盗み食い〟じゃな」

「盗み食い？」

「ドラ猫といえば盗み食いと相場が決まっとる。『サザエさん』の歌の文句にもあるじゃろ」

確かにドラ猫がお魚咥《くわ》えて逃げてたな……。

「でも、どういうこと？」ぼくはさらに訊いた。

「つまり、〈ルンバ〉が稼働中に空いているホームベースの充電器を拝借するのじゃ」

「あ、それで〝盗み食い〟なんだ……」

「そう。すなわち、この回路はそういった猫の性格に基づいて行動するようプログラムされているのじゃ」

お爺ちゃんはおもむろにＡＩＢＹＯの電源を入れた。「ポチッとな」

ＡＩＢＹＯの両目が赤く点灯し、ブルッと一つ身震いすると、いきなり走りだした。

そして、開いていた窓からひょいと飛び出していった。

「あああっ！」お爺ちゃんが叫んだ。

「ごめん……」

ぼくが窓を開けておいたばかりに……でも『徘徊回路』を仕込んだのはお爺ちゃんなんだし……けど、やっぱりぼくのせいか。

その日、ＡＩＢＹＯはとうとう帰ってこなかった。

翌日も帰ってこなかった。そのまた翌日も――。

やがてお爺ちゃんはＡＩＢＹＯのことを忘れてしまったのか、話題にしなくなった。

ぼくへの遺産はいったいどこに……。

お爺ちゃんの認知症は日増しに進行していった。食事が終わっても「まだご飯もらってない！　餓死してしまう！」と怒りだす。深夜に目覚め「お前たち、寝てる場合じゃないぞ！」と怒鳴る。毎朝、尿取りパッドが溢《あふ》れて布団が濡《ぬ》れている。幻覚を見ては裏庭に向かって「コラ！　勝手に入ってくるな！」と叫ぶ。パンツ一丁で外に出ようとする。とにかくいつも不機嫌で怒っている――。かつては頭脳明晰《めいせき》・博覧強記で、優秀な技術者として凄《すご》い機械を生み出していた人だったとは信じられない。

さらに半年もするとお爺ちゃんの足は萎えて車椅子生活になった。トイレの世話はぼくの係だった。いつも座りっぱなしなので、お尻の周りにデカい褥瘡《じょくそう》ができた。その処置もぼくがやった。毎晩、就寝前のトイレの時に温かい石鹸《せっけん》水で患部を洗い流し、軟膏《なんこう》を塗って絆創膏《ばんそうこう》を貼った。ところがお爺ちゃんは、ぼくに世話をしてもらっているのによく「お前なんか死んでしまえ！」と言ってくる。ぼくもつい腹が立って、ゲンコツでお爺ちゃんの頭をグリグリしてしまうことがあった。

そのうちぼくは介護日記を兼ねてSNSにグチを書くようになった。やがて、そうすると自分の心が安定することに気が付いた。そしてお爺ちゃんの世話をする時にせかせかしなくなった。そのせいか、お爺ちゃんもあまり怒らなくなった。裏庭に向かって叫ぶことも少なくなり、静かに植木などを眺めることが増えた。

ある日、ぼくがスマホでSNSを見ていると、気になる書き込みが目に入った。

〇月×日　最近、うちのマンションのベランダの塀の上に目の赤い黒猫がやってくるようになりました。カワイイ。スゴイ。ここ十八階なんだけど、どうやって来たのかな。ここはペット禁止だから近所の飼い猫じゃないと思う。

十八階という点が引っ掛かった。猫のことはよく知らないけど、野良猫が外から侵入して十八階まで登ってくることなんてそう無いのではないか。だから真っ先に考えたのはあのＡＩＢＹＯのことだ。確かマイクロアンカーとやらで垂直の壁も自由に登れたはず。黒猫で目が赤いという点も共通だ。電気はどこかの家に忍び込んでは〈ルンバ〉から〝盗み食い〟しているのだろう。それで何ヶ月もの間、稼働できるのだ。

書き込みは数十日前のものだった。ぼくはアカウントを辿《たど》り、続きを読んだ。
○月×日　今日も黒猫が来ました。うちが気に入ったのかな。勝手にペトロという名前を付けました。たぶんオスだと思うし。ペトロはちゃんとエサをもらっているのかな。わたしと違って全然痩せてないから大丈夫だよね。
○月×日　ペトロがまた来ました。いつもこんな所までどうやって来るんだろう。スゴイ。わたしも元気をもらえてます。明日の通院もガンバルぞ！
○月×日　今日は先生に手術をすすめられました。成功する確率はあまり高くないけれど、このままでは体の麻痺《まひ》が進んでしまうと言われました。でも手術に失敗したら麻痺の部分が一気に広がるらしいので、とってもこわいです。神様、わたしはどう決断したらいいでしょうか?

○月×日　今日は雨だというのにペトロが元気に歩いています。あんな細い所をよく歩けるなあと思う。わたしも歩きたい。いつかペトロと一緒に散歩をしたい。そう思うと、なんだかわたしも手術を受ける勇気がわいてきました。

○月×日　いよいよ明日は手術です。ガンバルぞ!

○月×日　手術が無事終わりました! 先生は大成功だと言っていました。やっぱり受けてよかった! 勇気をくれたペトロのお陰です。神様、ペトロに会わせてくれてありがとう!

ぼくはスマホをしまい、裏庭を眺めるお爺ちゃんの背中に言った。「ぼくのせいで遺産は逃げてしまったけど、お陰で〝神様〟になれたよ」

お爺ちゃんは一瞬振り返ったが、すぐに裏庭の方を向いてしまった。

ふたりと一匹　伽古屋圭市

白玉《しらたま》と出会ったのは雨の降る夜だった。もちろんそのときはまだ名前のない仔猫《こねこ》で、駅から自宅に向かう帰り道だった。コインパーキングの精算機についた小さな屋根で雨を凌《しの》ぎながら、か弱い鳴き声を上げていた。雨に濡《ぬ》れた体は手のひらに収まるほどに小さくて、文字どおり命を賭して助けを求める鳴き声だった。周りを見回しても親猫らしき姿はなかった。

そのときのわたしもまた、濡れていた。傘はさしていたけれど、電車のなかでは必死に我慢していたけれど、駅を降りて暗い夜道を歩きはじめたら止《と》め処《ど》なく涙が溢《あふ》れだしていた。

世界から拒絶されたような悲しみに包まれていたわたしは、その仔猫に自分を重ね、捨て猫を拾う是非を考えることもなく手を差し伸べた。見捨てられた仔猫に共感し、この子はわたしが救ってみせると酔っていたのかもしれない。

自宅のお風呂で体を洗い、乾かすと、全身真っ白なふわふわの仔猫が誕生し、白玉みたいでおいしそうだと思った。

それが二十九歳のときだ。それから九年が経《た》つ。わたしはたしかに白玉を救ったけれど、同時に白玉はわたしを救ってくれたのだと思う。

部屋の隅で丸くなっていた白玉の耳がぴくんと動いた。わたしは心のなかで「お、桐子《とうこ》が来たな」と思う。白玉は顔を上げて両耳をピンと立て、周囲を探る素振りを見せたかと思うと、次の瞬間には床を蹴っていた。来訪者を迎えるためではなく、隠れるためである。〝知らない人怖い〟という情けなさ全開の行為だが、その野性味溢れる跳躍はいつ見ても惚《ほ》れ惚《ぼ》れする。

わずかに間を空けて部屋のチャイムが鳴った。先ほどメッセージをやり取りしたときに鍵は開けていたし、いちいち返事はしない。勝手にドアを開けて入ってきた来訪者が「やっほー」と気の抜けた挨拶とともに部屋に姿を見せた。

「おみやげー。プリンー。しかも麻布十番《あざぶじゆうばん》の」

「お、いいねー」

台所に向かうため立ち上がると、脈絡なく桐子が言った。

「そうそう、来月いよいよ四十だよ」

「マジで？　うわー、わたしももうカウントダウンじゃん」

桐子と出会ったのは白玉を飼いはじめて一年ほどが経ったころである。

わたしは白玉を拾ってすぐにペットを飼えるマンションに引っ越していた。ある日、猫砂の大きな袋を抱えて外廊下を歩いていたときだ。不運とうっかりがマリアージュし、大量の猫砂を廊下にぶちまけるというありえない惨事を引き起こしてしまった。そのとき手助けしてくれたのが桐子だったのである。

彼女はふたつ年上だったけれど、不思議なほどに最初から波長が合った。同じマンションに住んでいることもあり、いつしか互いの部屋を行き来するようになった。ここ数年はもっぱら彼女がわたしの部屋を訪れるばかりだが。

家族や親類縁者、学校や仕事関係の知人や友人の誰とも無縁で、これまでの人生とは繋《つな》がっていないがゆえの気楽さがあった。だからこそ長年誰にも相談できずに抱えてきた悩みをさらけ出すことができたのだと思う。

その決断を下した当時の自分に感謝している。だからこそいまわたしは、こうして伸び伸びと生きることができている。

「ずっと謎に思っていることがあるんだ――」

プリンを堪能したあとスプーンを置いて、わたしは桐子を見つめる。彼女は「なに？」と言うように目をぱちくりとさせた。

「桐子が来るとさ、白玉は姿を隠すじゃない、必ず。桐子が帰るまで絶対に姿を見せない」

「だね。おかげでいまだ白玉を見たことがない。もしかすると白玉なんて猫はいないんじゃないかとすら思ってる。菜々美《ななみ》のイマジナリーキャット？」

「白玉がいなけりゃここに引っ越さなかったし、何度も写真は見せてるじゃん。おかしくない？　桐子と出会って八年だよ、八年。いくらなんでも長すぎでしょ」

白玉が人を怖がるのは事実だ。あまりないけど桐子以外の友人知人や、業者の人間が部屋に入ってきたときも完璧に姿を隠す。それでも八年は長すぎる。

「たしかにね。最初はわたしに犬のにおいがついてるから、とも考えたけど」

桐子の飼っていた犬は二年前に亡くなっていた。以来、ペットは飼っていない。

「にしても、もう二年だよ。とっくににおいは消えてるでしょ」

「あれじゃない？　飼い主に『白玉』なんて名づけられたもんだから、取って食われると思い込んでるのかも」

軽口を無視して、わたしはさらに真剣な眼差《まなざ》しで彼女を見つめた。

「本気で思ってるんだけど、桐子って、白玉が化けてるんじゃないの？」

桐子は再び目をぱちくりさせ、わたしはつづける。

「自分で言うのもなんだけど、わたしは白玉を助けた。その、恩返しじゃないの？　わたしは桐子に出会って、救われたと思ってるし」

「なるほど――」と桐子は腕を組んだ。「わたしは命を救ってくれたご主人様に恩返しをするため、人間に化けた猫だと。――いやいや、わたしの部屋に何度も来たことあるじゃん」

「人間に化けることができるんだよ。それくらい化かすことはできるでしょ」

「たしかに。キツネやタヌキに化かされて、屋敷でご馳走《ちそう》を振る舞われるパターンは定番だしね。マンションの一室くらい用意できるか。しかし犬を飼っていたという設定は――」

「証拠がある。一ヵ月くらい前、桐子が部屋に来たあと、買い物に出かけたときがあったでしょ。そのとき、白玉はどこに隠れてるんだろって部屋中をくまなく探したんだ。でも、見つからなかった。そして桐子が帰ったあと、当然のようにふらっと現れた」

「くまなくって、本当にくまなく？」

「くまなく。絶対に入り込めない場所以外、徹底的に探したもん」

「仮にそうだったとしても、たとえば菜々美が探してる隙に、背後を抜けて別の部屋に移った可能性はあるでしょ。ひとりの捜索だと死角はどうしても生まれるよ」

「これでも認めないか」

「いや、さすがにまだ推理が弱すぎるって。これで『参りました』って言ったら読者が怒るよ」

「しょうがない。とっておきの証拠を言うよ。桐子の顔は、猫っぽい」

桐子の右肩がかくっと下がる。息もつかせずわたしは「さらに！」とかぶせる。

「なんとなく白玉っぽいと言えば白玉っぽくないこともない」

「たしかに猫っぽい顔だと言われることはあるけど、白玉に似てるかは疑問だなぁ。

写真でしか見たことはないけどさ」

「そうやってムキになって反論するところも怪しい」

「それはもう推理じゃないって」

そう言って桐子は屈託なく笑った。その笑みはわたしを救ってくれた八年前となにも変わらない。


わたしはどんなに好きになった人とも、性的な関係を結べなかった。キスも無理。手を繋ぐのはぎりぎり我慢できるけれども、なるべくしたくはなかった。付き合った男性のことは全員好きだったと思う。愛していたと思う。けれど性的な接触を想像しただけで全身に虫唾《むしず》が走る。嫌悪感に襲われる。生理的に無理なのだ。

自分はおかしいのだと思った。出来損ないなのだと思った。こんなこと誰にも相談できなかった。いい歳《とし》して処女だなんてことも言えず、友人と話を合わせるのも苦痛だった。

二十八で出会った彼とは、自分のことをきちんと話したうえで付き合った。彼とならうまくいくかもしれないと思えたが、やっぱりダメだった。最初は優しかった彼も次第に不満を募らせ、最終的には「おれのことを愛していないからだ」と詰《なじ》られ、強引に迫られたが、それでも拒絶したら別れるしかないと言われた。肉体関係がなければば愛し合うこともできないのだと思い知らされ、絶望した。その帰り道に出会ったのが白玉だった。

そんなわたしの告白を聞いた桐子は、あなたはおかしくないと言ってくれた。そういう性質の人もいるよ、と。

彼女はわたしとは違い、人を愛せない人だった。男でも女でも友達になることはできる。けれどその先、人を愛するということが理解できないのだという。桐子もまた長いあいだ、自分はおかしいのだと、出来損ないだと、苦しんでいたらしい。

いま振り返れば昔のわたしはどうしてそこまで思い詰めていたのかとも感じるのだけれど、それだけ狭い世界に生きていたということだろう。桐子との出会いでわたしの世界はひろがり、救われたのは間違いない。

桐子がふいに笑いを引っ込め、真顔になった。猫のようなアーモンド型のきれいな目が、わたしを射貫《いぬ》く。

「ばれたらしょうがない。じつはわたし、白玉なんだ。長いこと騙《だま》しててごめん」

そのとき、にゃあ、と消え入りそうな声を上げて、おずおずと白玉が部屋に入ってきた。初めて桐子と白玉が顔を見合わせる。

わたしと桐子は弾《はじ》けたように笑い転げた。ひとしきり笑い、それでもまだ笑いを引きずりながらわたしは言う。

「完璧なタイミングだったよね。しかも八年経って、いま！」

もうやめて、と腹を押さえながら桐子がまた床に転がった。「人見知りにもほどがあるよね」とわたしがつづけると、「お願い、やめて」と彼女は笑い死にそうになっていた。白玉は「なんだこいつら」と訝《いぶか》しげな目でわたしたちを眺めたあと、元いた部屋の隅で丸まった。

数分経ってようやく笑いの収まった桐子が身を起こす。

「はぁ、おなか痛い……。まぁ、ともあれ、白玉に会えて嬉《うれ》しいよ。ようやく白玉にも認められたようだし、そろそろいっしょに住むのもいいかもね。ふたりと一匹。全員ぼちぼち老後も見えてきたわけだし」

「老後はまだ早いでしょ。でも、ま、それもいいかもね」

わたしは笑みを浮かべる。

視線の先で白玉は我関せずとばかりあくびをして、眠そうな顔を前足のなかに埋めた。彼女の恩返しは、わたしを桐子と引き合わせてくれたこと。白玉がいなければここに引っ越すことも、猫砂を廊下にぶちまけることもなかったのだから。

桐子が白玉じゃなくて本当によかったと思う。まだしばらくふたりと一匹で楽しく生きていけそうだから。

仔猫とピート　乾緑郎

やつらの気配が集まってきているのを、僕は感じていた。

夜の闇の向こう側から届いてくる、突き刺すような視線。

「きゃあっ」

悲鳴が聞こえた。

うっかりしていた。他に人もいなかったので、彼女とは少し離れた場所にいた。

僕は手にしていたロッドを放り出し、そちらに向かって走り出す。

ヘッドライトが照らす明かりの中に、堤防の地面に尻もちをついて放心している彼女の姿が映しだされた。

「大丈夫？　怪我《けが》はない」

「びっくりした……」

彼女の視線の先に、僕は明かりを向ける。

その光に反射して、いくつもの瞳が浮かび上がり、爛々《らんらん》と輝いているのが見えた。

中央にいる一匹が、まだ元気にピチピチと体をくねらせている大きなアジを口に咥《くわ》え、してやったりというような表情を浮かべてこちらを見ている。

「魚からハリを外したら、いきなり飛び掛かってきて……」

「先に注意しておけばよかったね。ごめん」

立ち上がろうとする彼女に手を貸しながら、僕は答える。

釣り人の多い堤防や河川敷などには、大抵、居着きの猫の集団がいる。

狙いはもちろん、釣り上げられた魚だ。

魚を分け与えてもらえるのを大人しく待っているだけなら可愛《かわい》いのだが、この堤防にいる猫たちのように、釣り人に襲い掛かって釣れたばかりの魚を奪って行ったり、目を離している隙に、蓋を閉め忘れたクーラーボックスや、バケツの中に入れておいた魚を盗んで行ったりする、たちの悪い猫たちもいる。

その様子は、もう殆《ほとん》ど強盗団と言ってよかった。

「コーヒーでも飲んで少し休む？」

僕がそう言うと、彼女は頷《うなず》いた。

まだ十月後半だが、真夜中過ぎともなるとさすがに肌寒くなってきている。

彼女と知り合ったのは、ちょうど一年ほど前だった。僕が飼っていたピートという猫の体毛を使った毛バリを彼女が気に入り、それがきっかけで交際が始まった。

僕は本来、渓流でのフライ・フィッシング以外の釣りは、あまりやらないのだが、初心者の彼女が、堤防での夜釣りもやってみたいというので、こうして車で一緒に出掛けてきたのだ。

持参してきたキャンプ用のシングルバーナーでお湯を沸かし、僕がコーヒーを淹《い》れていると、とぼとぼとした足取りで一匹の仔猫《こねこ》が近づいてきた。

僕は彼女と顔を見合わせる。

先ほどの強盗団の猫たちは、奪った魚をさらに仲間同士で奪いあっており、少し離れた場所から、お互いに威嚇しあう鋭い鳴き声が聞こえてきていた。

「仲間外れなのかな」

僕がそう呟《つぶや》くと、彼女が心配そうに言った。

「すごく痩せてる……」

確かに、その仔猫はとても汚れていて、痩せていた。餌をねだるために声を出す元気もないらしい。

彼女は椅子代わりに腰掛けていたクーラーボックスから立ち上がり、中からキープしていた魚を一匹取り出して、その仔猫に与えようとした。

その時だった。暗闇の向こう側から、鋭い鳴き声を上げながら物凄《ものすご》い勢いで強盗団のうちの一匹が走ってきて、仔猫を威嚇して追い払い、地面に置かれた魚を咥えると、再び暗闇の向こうへと消え去った。

「あーあ……」

少し先にある駐車場の方に逃げて行った仔猫を見ながら、僕は溜《た》め息をついた。

雨が降り始めたのは、僕たちがコーヒーを飲み終えようかという時だった。

少し様子を見ていたが、次第に降りは強くなってきた。

まだ釣りを始めて二時間ほどしか経《た》っていなかったが、これはもう無理だろうと判断し、僕は彼女に先に車に戻っているようにとキーを渡し、後片付けを始めた。

道具を手に、僕が駐車場の真ん中にぽつんと一台だけ停《と》めてある自分の車に戻ると、彼女は傘を差してしゃがみ込み、車の下にライトを当てていた。

「どうしたの?」

「さっきの仔猫ちゃんがいて、車の下に逃げ込んだんだけど……」

そう言われ、僕も頭に付けていたヘッドライトを外して手にし、しゃがんで車の下を照らす。だが、仔猫の姿はそこにはなかった。

「逃げちゃったのかな」

「外は寒いし、中に入れてあげようと思ったんだけど……」

彼女が残念そうに言う。

僕は車のバックドアを開き、道具を積むと、彼女を車に残して駐車場の隅にある公衆トイレに向かって歩いて行った。

軒下には強盗団の連中が集まっていた。堤防付近には雨を凌《しの》げる場所がないから、そこが溜まり場になっているのだろう。

連中にじっと見守られながら僕は用を足し、車に戻る。

ドアを開いて僕が運転席に入ると、助手席に座っていた彼女は、何やら思案顔をしていた。

「ああ、ごめん。寒かった？　今、エンジンを掛けるよ」

「ちょっと待って」

車のキーに手を伸ばした僕の手首を彼女が摑《つか》む。

「何だか嫌な予感がする。もう一度、車の下を見てみない？」

「まだ発車はしないよ。エアコンを付けるだけ……」

「いいから」

彼女はそう言うと、ドアを開けて車を降り、雨に濡《ぬ》れるのも構わず、再び車の下を確認し始めた。僕も同じように彼女に倣って調べてみたが、やはり仔猫はいない。

「他の猫たちはどうしているんだろう……」

「さっきトイレに行ったら、みんな軒下に集まっていたよ」

「仔猫ちゃんは？」

「いなかったと思うけど」

「絶対おかしい！」

彼女は表情を変えてそう言うと、車のボンネットを手の平でバンと強く叩《たた》いた。

「ど、どうしたの？」

何か彼女の気に障ることでもしたのかと、面食らっている僕をよそに、彼女は、今度は雨滴に濡れるのも構わずボンネットに顔を載せ、耳を当てた。

「ボンネット開けられる?」

「えっ? ちょっと待って……」

自分で車の整備をしたことはないので、ちょっと探してから、僕は運転席にあるボンネット開閉のレバーを引っ張った。

半開きになったボンネットを上に押し上げ、ステーで固定する。

「やっぱり!」

エンジンルームにライトを向けていた彼女が声を上げる。

僕が覗《のぞ》き込むと、フレームの間に、あの仔猫の顔が見えた。怯《おび》えたような表情で、じっとこちらを見ている。

そこから出られなくなっている仔猫を、僕たちは何とかエンジンルームから助け出すと、ひと先《ま》ず僕の家に連れて帰るために駐車場から車を出した。

あのまま気づかずに車を動かしていたら、エンジンの熱で大やけどさせるか、下手をすれば殺していたかもしれないと思うと、背筋がぞっとした。

「どうして気づいたの」

助手席で、ブランケットに包まれた仔猫を大事そうに撫《な》でている彼女に僕は問う。

「駐車場にはこの車一台しか停まっていなかったし、いくら周りが暗くても、車の下から飛び出して逃げたらすぐにわかると思ったの。今日は寒かったし、雨も降っていたでしょう？　他の猫からは仲間外れにされていたみたいだから、一緒にいないんだったら、隠れる場所はこの車の下しかない筈《はず》なのに、いなかったから」

「最初にボンネットを叩いたのは、仔猫を中から追い出すため？」

僕はてっきり、彼女が何か怒っているのかと思っていた。

「うん。ごめんね、思わず強く叩いちゃって……。でも最初に見た時、すごく弱っていたみたいだし、鳴き声を出す元気もないみたいだったから、声がしないからって、いないとは判断できないなって」

車のエンジンルームは、上からだと密閉されているように見えるが、実は底部から見ると隙間だらけだ。特に冬場などは、暖を取るために猫が潜り込んだり、そのまま出られなくなることがあるという話を、確かに聞いたことがあった。

彼女の注意力がなければ気がつかないところだった。

「私、この子、お世話してあげたいな……」

彼女が呟く。

「でも、君のワンルーム、ペット禁止だろう？」

彼女とは釣りという趣味の他に猫好きという共通点もある。彼女の実家では何匹か猫を飼っているらしい。

「あなたの家でなら……」

彼女が呟く。少し僕は困ってしまった。昔、飼っていたピートという猫が死んでから、僕は新しく猫を飼う気になれず、長いこと一人だった。

お前、相変わらず鈍いよなあ。

ふと、どこからか声が聞こえてきたような気がした。

女の子に全部言わせるなよ。一緒に住んで、このチビを飼いたいってことだろ。

僕は彼女の膝の上で震えている仔猫を見た。

いつだったか、まだピートが仔猫だった頃と、どこか似ているのに僕は気づいた。

俺に遠慮することはないんだぜ。

ハンドルを握る僕の耳に、またピートの声が聞こえてきたような気がした。

不思議なねこのおんがえし

久真瀬敏也

ちょっと、不思議な体験を話させてくれ。

あれは、俺がまだ若かった頃の話だ。て言っても、今も十分若いんだけどな。

和室に敷かれた布団に臥《ふ》せながら、駆《かける》は可笑《おか》しそうにニィと笑った。

そんな駆の周りを、彼の家族が取り囲むようにして見守っている。

その家族にだけ届くような、小さな声で、駆は伝え始めた。

当時、俺が世話をしていたタマが、死んだときの話だ。正確に言えば、死んだ後のことになるが。

タマは、ずっと室内生活だったせいか、二十三歳まで生きた。

俺とタマは、間違いなく仲が良かったと思う。

人間と猫、という違いこそあったけれど、俺たちはこの家でずっと一緒に暮らしてきた――「家族」と言っていい関係だったはずだ。

むしろ、この家では俺の方が新参者だった。俺がこの家で生まれたときにはもう、タマはこの家で暮らしていたんだからな。俺にとっては、タマは姉さんってことだ。

……実際、俺は夜に急に寂しくなって、こっそりタマの寝床に入っていったこともある。朝になって相当怒られたけどな。

みんな、タマのことが好きだった。俺もタマのことが好きだった。

当時の俺は、家から出られないタマのために、よく土産《みやげ》を用意していた。外に出かけてタマのごはんになりそうな物を見つけてきたり、庭や畑で採れた木の実や果物なんかをこっそり持ち帰ってきたこともあった。

そうしたら、タマは少し警戒したように驚いてから、嬉《うれ》しそうに笑っていた。少なくとも俺には、タマの顔が嬉しそうに見えたんだ。

タマが歳《とし》を取って、具合が酷《ひど》くなって、ほとんど寝床から出てくることがなくなってからも、俺はタマの世話を続けていた。あいつは年上のお姉さんだけど、ひとりでは何もできなかったから。

こっそり静かに部屋に入り込んで、一緒に遊んだりもしていた。

いろいろ話しかけたりもした。

いつか一緒に外で遊ぼうな。外は楽しいことがたくさんあるんだぞ。

……なんて、人間と猫で、話が通じるわけもないのにな。

それでも、タマとは通じ合えていたように思うんだ。すごく楽しい時間だった。

……そんなタマが、死んだ。

当時の俺は、ずっと泣いていた。

タマが寝ていた布団にしがみついて泣いて……。

タマが使っていた皿に触れて泣いて……。

タマと一緒に行こうと思っていた公園に俺だけで行って、そこでも泣いていた。

そうして泣き疲れたら、気絶したように眠っていた。

タマと一緒に外で遊んでいる……そんな楽しい夢を見ていたのに、ふと目が覚めて、そしたらそこはタマが居ない現実だった。そんな苦しみに、また泣いた。

ごはんも食べなかった。母親だけでなくいろんな人が用意してくれたのに、どれも食べられなかった。無理に食べようとしたこともあったが、すぐに吐いてしまった。

そんな俺を、みんな心配してくれていた。担ぎ上げられるようにして病院に連れていかれて、それで少しは回復したが、家に帰ればすぐ元通りになってしまった。

当時の俺は、本当に、生きる気力すら失《な》くしていたんだ。……今にして思えば、周りのみんなに生かしてもらっていたことは、申し訳ないし、感謝してもしきれない。

そんなとき――

俺の周りで、ちょっと不思議なことが起こり始めた。

ある日、俺はいつものように、泣き疲れて眠ってしまっていた。

ふと目が覚めたとき、家の中は暗く、夜になっていた。

襖《ふすま》は閉め切られていて、明かりもない。本当に真っ暗で何も見えなかった。

すると急に、隣の部屋で何かが動いている気配を感じたんだ。何か軽いものが、和室の畳をそっと歩くような。

その部屋は、他でもない、タマが最期を迎えた和室だった。

もしかして、タマなのか？

そう聞こうとして思わず声を出したけれど、俺の言葉がタマに通じるわけもない。

だけど、俺が声を掛けたら、その気配に変化が生じたような気がした。

何だか、嬉しそうに跳ねたように思えた。俺にはそう思えたんだ。

俺は急いで立ち上がって、まるで襖に体当たりするみたいな勢いで駆け寄り、覚束《おぼつか》ない手で襖を開けた。

だが、そこには誰も……何も居なかった。

気のせいだったのか？　これは夢を見ているのか？

そんなことを思いながら、その日はまた布団に戻って眠ってしまった。

ただ、それからというもの、俺は不思議な体験をし続けることになった。

何かの気配がする。俺を見ているような視線を感じる。なんてのは、いつものこと。

それがやがて、タマの声が聞こえたり、タマみたいな子の姿を見かけたりするようにもなっていた。片付けられたはずのタマの好きなおもちゃが、ふいに和室に転がっていたこともあった。

俺は思わず、自分の家族に確かめた。「タマの気配がするよな？　タマみたいな子を見かけるよな?」って。

だけど、誰も肯定してくれなかった。

どうやらその声は、俺がひとりで居るときにしか聞こえてこないようだった。他の家族は聞いたこともないらしい。転がっていたおもちゃについて聞いても、きっと片付け忘れただけだろ、と。

そこで俺は、タマの家族の反応も確認することにした。といっても、人間と猫じゃあ言葉が通じるわけもないから、その様子を注意深く観察していただけだが。

結論としては、変わったことは何もなかった。

それどころか、一度だけ、俺がみんなの近くに居るときにタマの声がしたことがあったのに、誰ひとりとしてその声に反応したものは居なかった。

本当に、俺にしか聞こえていない声だったのか……。

もしかしたら、タマの幽霊が、ここに居るのかもしれない。

そして、俺にだけ会いに来てくれているのかもしれない。

そう思ったら、俺はつい嬉しくなって……。

だけど、すごく哀《かな》しくなった。

それは言い換えれば、「タマは俺のせいで、死んでからもこの家から出られない」ってことじゃないかと思ったんだ。

そう思ったら、胸が苦しくなって、呻《うめ》くように泣いていた。

俺は、タマと一緒に外で遊びたいと思っていた。

いつかタマを外に連れ出して、楽しい外の世界を教えたいって思っていた。

それが、タマの死で叶《かな》わなくなって、それどころか、俺のせいで、死んだ後もタマの魂が外に出られていないなんて……。

正直、こんなのは俺の想像、妄想かもしれない。だが、もし万が一、俺のせいでタマの幽霊がこの家に居続けているとしたら、そんなのは絶対に嫌だと、そう思った。

だから俺は、立ち直った。

……いや本当は立ち直ってなんかいなかった。そんな簡単に立ち直れるわけがない。

だけど、それでも、タマには元気な姿を見せたいと思ったんだ。

それが良かったのか、それとも単なる偶然か。俺が元気な姿を見せつけ始めたら、次第に、タマの声も気配も感じられなくなっていった。

きっとタマは、俺のことが心配だったんだ。だから、俺が元気に振る舞っていたから、タマも安心してくれたんだ。俺はそう思うことにした。

今度こそ、タマと完全な別れだと思った。

だけど、もう俺は泣かなかった。

俺は元気だから。もう大丈夫だから。

そう見せつけるために、曲がりがちだった背筋をピンと伸ばした。


これが、俺の不思議な体験だ。

……なんでこんな話をお前たちにしたかって？

そう結論を急ぐなよ。この話にはまだ続きがあるんだ。

この不思議な体験、種明かしをしてしまえば、何のことはない。

実は、この幽霊みたいな話は、幽霊なんかの仕業じゃない。

タマの家族が協力して、タマの気配やら声やらを真似ていただけなんだ。

タマの気配がしたのも、声がしたのも、おもちゃが転がっていたのも、みんなグルになってやっていたんだ。声も気配も気づかないふりをしていただけなんだよ。

タマが死んだことで、俺があまりにショックを受けているからって、みんなでタマの幽霊がいるふりをしていただけだったんだ。

……そう。

あの当時、飼い猫として痛烈な『オーナーロス』で苦しんでいた、俺のために。

俺のご主人だったタマの——珠美《たまみ》の家族が、彼女の幽霊を演じていたんだ。

正直、俺を元気づけるためなら、他のやり方もあったはずだ。もっと上手い方法もあるに違いない。

だけど、現に俺はこの方法で元気になれた。

もしかすると、人間にとっては、たとえ幽霊でも、死者と再会することができたらとても嬉しいのかもしれない。それを、猫の俺に対してもやったんだろう。

そう思ったからこそ、今、俺はこの話をお前たちにすることにしたんだ。

俺たち猫には、死者を生き返らせる力なんてないが、受けた恩を返すことはできる。

人間が猫にしてくれたことを、今度は、猫が人間にしてあげたい。

あのとき、タマの家族がみんなで、俺のことを元気づけようとしてくれたように。

今度は、『ペットロス』で苦しむかもしれないあの人たちのために、俺たち猫の家族が協力して、みんなで恩返しをしてあげてほしい。

俺みたいな猫のために専用の布団まで敷いてくれて、俺のたくさんの家族がこうして集まれるようにもしてくれた、心優しい人たちのために。

そして願わくは、猫も人間も、これからもずっとお互い元気でいられるように。

和室で、何匹もの猫たちの声が重なり合っていた。

それを聞いた駆は、嬉しそうにニィと笑った。

タナトスの贈り物　美原さつき

越してきた二階建てのアパートは、かなりボロかった。骨組みに相当ガタがきているらしく、近くを走る常磐線《じょうばん》の振動で、建屋全体が小刻みに揺れている。

生まれてから三十年間住み続けた長野県を捨て、片山洋平《かたやまようへい》が東京の下町に転居したのには、ただならぬ理由がある。先月、松本市《まつもと》にて、居眠り運転が原因で人身事故を起こした。そのときは理性よりも保身の感情が勝ってしまい、通報も救護措置もせずに逃走した。その結果、被害者は出血多量で死亡。もちろん後悔と罪の意識はあったが、人生の自由を奪われたくない一心で逃げ続けて今に至る。

これから住む居室の前に立ったとき、不意に隣の部屋の扉がゆっくりと開いた。出てきたのは、Tシャツにジャージ姿の若い男だった。大方、大学生か社会人だろう。買い物に行くらしく、家電量販店のロゴの入ったトートバッグを携えている。

「新しい入居者さんですか。自分、石塚《いしづか》っていいます。ここに住んでもう三年です」

「どうも、片山です。今日からここに住むんでよろしく」

互いに小さくお辞儀した後、石塚はだるそうに欠伸《あくび》を発した。

「よくこんなボロアパートなんか選びましたね。お金なかったんすか」

あんたも同じところに住んでるじゃないかと片山が言い返そうとしたとき、足元から「にゃーん」という甘い鳴き声が聞こえた。

視線を落とすと、上目遣いにこちらを見上げる一匹の黒ネコと目が合った。片山の右足のすぐ側《そば》に、腰を落としてちょこんと座っている。

「タナトスじゃないか。どうした、遊んでほしいのか」

「これ、あんたのネコ？」

「いえ、野良です。このへんに棲《す》んでるオスで、もうここの住民みたいなもんなんですよ。みんな可愛《かわい》がって世話するもんだから、大家さんも黙認してます」

「野良ネコの世話とか餌やりとかって、ダメなんじゃないの」

「法律で禁止されてるわけじゃないし。大家さんがやめろって言ったらやめますけど」

タナトスは片山の右足に体を擦《こす》りつけながら、ぐるぐると歩き回り始めた。甘えたような鳴き声と相まって、不覚にも可愛いと思ってしまった。

「この仕草、こいつの手口だから気をつけてください。とにかく人間に甘えて、部屋に連れ込んでもらうのが狙いなんすよ」

足元でじゃれつくタナトスの仕草に見とれ、片山はその場に立ち尽くしていた。

そんなとき、階段の近くにある一番奥の部屋の扉が開いた。大きなゴミ袋を片手に、七十代か八十代に見えそうな小太りの年配男性が出てきた。それを見るなり、タナトスはあっさりと片山への関心を捨て、老人のもとへダッシュしていった。

「おお、お前か。ゴミ捨て終わったら、サバやるからな。ちょっとここで待ってろ」

タナトスと顔を合わせると、老人は嬉《うれ》しそうに笑った。

「諏訪《すわ》さん。燃えるゴミは明日っすよ。大家さんにバレたら怒られますよ」

「一日ぐらいいいだろ。気にするやつの方が悪い」

石塚の忠告などまったく意に介さず、老人はゴミ捨て場へと歩いていく。

「片山さん。あのじいさんには気をつけてください。なんか近所のばあさんに大ケガさせて都営住宅を追い出されたとかで、もうネコくらいしか遊び相手がいないんすよ」

「そうなのか。変わり者が近くに住んでると怖いな」

怪しい格安物件ならではかもしれないが、少々癖のある住民が多い。だが、かえって好都合だ。変人だらけの環境なら、こちらの素性を気にしてくるやつはいない。見事に計算は当たり、片山を疑う者は誰もいなかった。入居後すぐネットの募集広告で見た警備員のアルバイトに就き、それから粛々と日々を過ごしている。

基本的に起床は早く、帰宅は深夜となるため、アパートの住民と顔を合わせることはほとんどない。ただ、タナトスとは頻繁に遭遇した。朝の通勤時に廊下で鉢合わせするだけでなく、ネコらしく軽快に跳んでベランダに侵入してきた。愛くるしい容姿と甘え声には片山も抗《あらが》えず、サンマやアジの塩焼きを少しばかり恵んでやった。

タナトスは、優しい性格の持ち主だった。ご飯を与えたお礼なのか、たまに彼の方からプレゼントを持ってくることがあった。ほとんどの贈り物は、ネズミか小鳥だった。どういうわけか、とどめは刺しておらず、死ぬ直前の状態で持参してきた。きっと、活《い》きのいい新鮮な肉を食べてほしかったのだろう。何が何でも受け取ってほしいらしく、仕留めた獲物を前足で指差しながら、しつこいぐらいに鳴いて訴えていた。

さすがに死にかけの小動物を食べる気にはなれず、ビニール袋で二重にして廃棄した。それでもタナトスは、毎日のように瀕死《ひんし》の獲物をベランダに置いていった。

タナトスは決して片山だけを特別扱いしているのではない。つい先日、白いハトを咥《くわ》えて諏訪宅のベランダへ入っていく姿が見られた。アパートの住民全員から愛《め》でられているので、きっと石塚や他の人々のもとにもプレゼントを届けているに違いない。

そのように奇妙な日々を過ごしながら、気づけばもう一ヶ月が経過していた。

夜勤明けの朝。バイトから帰ってきた片山は、不可解な光景を目にした。アパートの駐車場に、石塚たち多くの住民が集まっている。近隣で火事でもあったのだろうか。

ややあって、石塚がこちらに気づき、慌て気味に駆け寄ってきた。

「ああ、片山さん。大変すよ。諏訪のじいさん、死んじゃったみたいです」

「は……死んだって？　マジかよ」

「さっきまで警察来てたんすよ。変な臭いするんで大家さんが開けてみたら、布団の中で仰向《あおむ》けになって死んでたって。何日も前に亡くなってたみたいっす。持病抱えてたって話は聞いてましたけど、年金カツカツで病院いってなかったんすね」

石塚は右手で後頭部を掻《か》きながら、低い声で唸《うな》った。

「また気味悪い噂《うわさ》立っちゃうなぁ。ほら、片山さんの隣の部屋でも、前に人死んでるじゃないすか。闇バイトやってた家賃滞納のおっさんで、そいつも孤独死したとか」

「はぁっ！　ここ事故物件だってのか？　そんなの聞いてないぞ」

急に感情的になった片山を、石塚は冷ややかな目で見つめている。

「ああ、知らなかったんすね。隣接住居は事故物件扱いにならないし、売り手はわざわざ告知しませんから。薄気味悪い話なんすけど、大家さんの話だと、その死んだ人の家に、タナトスがネズミ咥えてよく出入りしてたみたいっすよ」

「薄気味悪いって何を今さら。あんただって餌付けしてるなら、あいつからお礼に鳥とかネズミとかイタチの子供とかもらってるだろ」

片山がなにげなく言うと、石塚は不可解そうに顔をしかめた。

「俺、タナトスから鳥もネズミももらったことないすけど」

「はっ……嘘《うそ》つくな。あんたの家にタナトスが跳んで入ってくの見たぞ」

「嘘じゃないすよ。ベランダを通ることはよくありますけど。俺、ここの若いやつらと仲良いけど、タナトスから物もらったなんて話、誰からも聞いたことないです」

薄気味悪く感じた片山は、今すぐ家で休みたい気分になった。逃げるようにして石塚との会話を切り上げ、ふらつきながら居室の中へ転がり込んだ。

そういえば、黒ネコは魔女の使いだとか、悪魔の化身だとかいう話を怪談話のまとめサイトで見た。タナトスからプレゼントをもらっていたのは、自分と諏訪、そして事故物件に住んでいた男の三人だけだ。そして、そのうちの二人は死んだ。三人の共通点は、何かしらの犯罪行為や暴力事件の当事者であることだ。悪人を冥府に落とすために、タナトスが人間に死を振り撒《ま》いているのかもしれない。

そんなとき、窓の方から、黒板を爪で引っ掻くような嫌な音がガリっと鳴った。

振り向いてみると、ガラスの向こうからこちらを凝視するタナトスと目が合った。巷《ちまた》で言うネコパンチのごとく、前足でとんとん窓を叩《たた》いている。天使のように愛らしい仕草も、今の片山には悪魔のまやかしにしか見えなかった。

タナトスからプレゼントを贈られた者はみんな死ぬ。こいつは呪いのネコだ。

「こ、こっちに来るな、バケネコ！」

片山が大声で脅しながらサッシを思いきり叩くと、タナトスは驚いて後方に飛び退《の》いた。そのまま手摺《てすり》に登り、ものすごい速さで遠くの方へと逃げていった。

窓のカーテンを閉めると、片山はスマホでネコの生態について検索し始めた。動物の行動と人の死に因果関係があるとは思えないが、不安と恐怖を打ち消すために調べずにはいられなかった。

捕まえた獲物を持ってくる習性があることは、ネコ好きの間では常識のようだ。ただ、タナトスみたいに瀕死の獲物を運んでくるという事例は一つも見当たらなかった。

しばらくネットの記事を漁《あさ》っていると、片山は激しい驚愕《きょうがく》に見舞われた。なんと、人の死を察知できるネコが現実にいたらしい。それは介護施設のセラピーキャットであり、死期の近い患者のもとにやって来ては、側で丸くなって寄り添うのだという。まだ科学的に立証されたわけではないが、細胞が死ぬ際に放つケトンの匂いを感知していたのではないかと推測されている。

タナトスは、死にかけの小動物を連日運んできた。そして、人には解せぬ言葉で、しきりに何か訴えていた。もしかすると、彼が伝えたかったことは――。

すぐさま、片山はアパートを飛び出し、駅前にある総合病院へと駆け込んだ。人間ドックなどは早期の事前手続きが必要だったので、即日受けられるＣＴスキャン検査を申し込んだ。検査実施から結果の通達まで、その日のうちに全てが済む。

検査終了後、片山と面談した初老の男性医師は、やや厳しい表情をしていた。

「片山さん。自覚症状はないかもしれませんが、今、あなたは重い癌《がん》に罹患《りかん》している可能性があります。追って検査する必要があり、場合によっては手術をすることになります。ご家族にも伝えて、入院の準備をしておいてください」

「癌。そうですか……」

片山は、ただただ驚いていた。癌に罹《かか》っていたことでも、ネコに超自然的な能力があることでもなく、死の危機を伝えてくれたタナトスの行為そのものにだ。

病院からの帰り道。とっくに陽《ひ》は沈み、夜天には見事な満月が浮かんでいた。

おぼつかない足取りで歩きながら、片山はなんとかアパートに帰ってきた。

正面玄関の前には、タナトスが佇《たたず》んでいた。片山の姿を確認すると、「みゃーお。みゃーお」と鳴きながら弾むように駆け寄ってきた。

このとき生まれて初めて、片山は何かを心から愛《いと》しいと思った。

野生の本能なのかどうかはわからない。ただ、このネコには、死の危険から仲間を助けたいという意思があった。彼の優しさによって、自分の命は多少長らえそうだ。

「ありがとな、タナトス。今朝はびっくりさせて悪かったな」

片山は身を屈《かが》め、タナトスの頭から背中にかけてのラインを撫《な》でてやった。野良ネコとは思えないほど毛並みがよく、撫でている方も気持ちよかった。ひとしきり触れ合いを楽しむと、タナトスは身を翻して歩き出した。そして、異様なほど軽やかなジャンプでブロック塀によじ登り、夜闇の奥へ溶け込むように消えていった。

人を助ける獣がいる一方で、自分は人の命を救わずに逃げてしまった。

今さら遅いかもしれないが、残り少ない時間を自分と向き合って過ごす。その決心が生まれた。タナトスから贈られた優しさを無駄にしたくないと思う。

アパートの居室に戻った片山は、思いきり深呼吸してからスマホで電話をかけた。

「もしもし。いつぞやのひき逃げ犯です。これから出頭します」

喫茶フジコと黒猫

柊サナカ

カメラと写真関係のものは、孫の茂樹《しげき》に譲る――と、前々から言われていた通り、亡くなった祖父のカメラはすべて受け継ぐことになった。カメラは、形見分けで揉《も》めるような、ものすごい値がつくようなものでもなく、すんなり茂樹の元へやってきた。不思議なもので、祖父はこの世のどこにもいないが、祖父が愛情を持って使っていた道具には、まだ祖父の温《ぬく》もりを感じるような気がする。

カメラと一緒に、フィルムのファイルと、家族写真以外の趣味のアルバムも一緒にもらってきた。写真が趣味と言うだけあって、どちらも膨大な冊数だった。とても手では持ち運べず、大きな段ボール二箱につめて配送してもらった。正直、茂樹自身も少し後悔したが、おじいちゃんのカメラだけは要ります、趣味の写真とかフィルムは要らないです、というのも孫としてどうかと思い、社会人五年目、ワンルームの部屋は狭いながらも、写真関係のものは茂樹がすべて引き受けたのだった。

親戚の間でも、この膨大なフィルムとアルバムは懸念材料となっており、孫の茂樹が持って帰ると決まったときには、皆、ほっとしていたようだった。まだ他人のアルバムなら処分はできるかもしれないが、そこは祖父の人生が詰まったアルバムなので、ゴミの日に無造作に出してしまうのはさすがにしのびない。

ある日、茂樹はその写真の箱を開けてみようと思い立った。祖父の撮った古い昭和の町並みを見るのは面白く、車の形や駅の雰囲気がずいぶん今とは違っていた。看板も、店の様子も町行く人の服装もそうで、今よりもずっと貧しかったはずの日本が、明るい光に満ちあふれて見える。

歴史探検だ、と思いながら、茂樹は一枚一枚アルバムのページをめくっていく。

祖母は三十代という若さで亡くなったのだが、それまでに祖父と祖母は三人の子供をもうけていた。そのうちの一人がうちの父だ。祖母を亡くしてその後の人生を、祖父は再婚せず、ひとり身で過ごした。たまに遊びに行く「おじいちゃんの家」は二階への階段がギシギシ鳴って怖かったが、本棚にはびっしりと本があって、こんな本が読みたいというと、ひょいと抜き出して貸してくれた。物静かで優しく、どこかダンディなおじいちゃんだった。

定年後は一人の生活を本とカメラと、たまに遊びに来る子や孫たちを楽しみに暮らしていたようだ。口数が多い方ではなかったから、祖父がどうやって暮らしていたのか、普段の暮らしぶりについては、そういえばあまり知らなかった。残されたアルバムを見ることとは、祖父の視線をそのまま辿《たど》るみたいでけっこう面白い。花が好きだったのかな、とか、さっそく新しい公園にも行ってみたのか、けっこう新しいもの好きだったのかもしれないい、などと。

家族アルバムとは別の、誰に見せるでもない趣味のアルバム。それは祖父の、自分のためだけの思い出だった——。

茂樹は、今更ながら、祖父の不在を実感してしんみりした。

祖母の若い頃の写真もあった。ほっそりして、目が切れ長の、なかなかの美人だ。子供が小さい頃は子供の写真が多く、列車や町並みを写したものもたくさんある。その中に、喫茶店で撮ったらしき、モノクロの写真があった。窓からのやわらかな光に包まれて、ぐーっと伸びをしている黒猫、そしてコーヒー。黒猫をよく見ると、怪我《けが》をしたのか、しっぽが妙な形をしていた。先の方が太い。背景には、本を読んでいる女の人がいる。レトロな内装を見ていると、いいなと心から思えた。

アルバムを一枚めくってみると、また喫茶店の写真があった。今度は祖父が何か声をかけたのか、黒猫がこちらを見ている。カメラをじっと見つめて、ちょっと緊張しているようだ。しっぽの先の方が太いので、〝！〟みたいな形になっているのが面白い。また、その背後で本を読む女の人がいる。

茂樹はようやく、あれ？　と気がつく。この女の人、さっきも見たような。探してみれば、猫も黒猫、どうやら場所も同じ喫茶店、服装は違うが、明らかに同じ女の人だった。

前後にあった写真を注意深く見てみると、映画のポスターが隅に写り込んでおり、公開日がいつかもはっきりした。計算すると、この女の人の写真を撮ったときには、おそらく祖父は四十代で、妻とは死別の独り身。子供だって、その頃には成人しているのだから、祖父にもそういう恋愛話のひとつやふたつ、あっても不思議ではない。

またページをめくっていくと、背景の一角に、またいた。女の人は窓際の席に座っていて、物憂げに窓の外に視線をやっている。側《そば》で黒猫も外を眺めている。祖父は、よっぽどこの喫茶店がお気に入りだったらしい。

アルバムの中では、当然ながら年月が過ぎていく。女の人も歳《とし》を取るのが当たりまえだ。普通だったら、二十代の女の人も、十年も経《た》つと、顎やお腹《なか》まわりにそれなりに貫禄が出てくるものだ。（ああ、この人も歳を取ったな）という雰囲気がにじみ出てくる。もちろん綺麗《きれい》な人はいつまでも綺麗かもしれないが、年齢は隠せない。背景の喫茶店の調度だって、どことなく年季が入っていくのがわかる。

しかし、モノクロ写真の中のこの女の人は、まったく老けない。服装は変わっても、頬はハリを保ち、顎のラインもスッキリしたままだ。まあ、大御所アイドルも、もう巷《ちまた》ではおばあちゃんの歳だけれども、歌声も肌もそうは全然見えないし、化粧のテクノロジーのせいか、すごく若く見える。きっと、そういうこともあるのだろう。猫の年齢はわかりにくいが、黒猫もまた、まったく同じに見える。

茂樹が、気持ちのどこかをざわつかせながらアルバムをめくっていくと。

褪《あ》せたカラー写真の隅にまた、いた。

同じ喫茶店で、同じ女の人だ。そして黒猫。

嘘《うそ》だろ、茂樹は思った。アルバムを数冊またいで三十年、四十年……。単純計算でも、おばあちゃんと言っていい歳のはずなのに、その女の人はうら若き二十代のまま、まったく容姿が変わらない。服装も髪型もポーズも変わっているが、若いままだ。体型さえも。

その喫茶店がどこなのか、茂樹は探し始めた。インターネットも使って、女の人をぼかして喫茶店の内部の写真だけを載せたり、膨大なフィルムを全部虫眼鏡《むしめがね》で見ながら、当該の写真を探し出し、前後のコマから位置を絞るというようなこともやった。鉄道ファンの友人には鉄道を、車オタクの知人には車の情報を聞いて回り、自分でも図書館にこもり、昭和の写真資料を読み込んで、喫茶店の位置を探っていった。

判明した喫茶店の名前は『喫茶・フジコと黒猫』。駅からは少し離れた路地にあり、驚いたことにまだ営業を続けているという。茂樹はそこへ行ってみることにした。路線を三つ乗り継いだ、都内でもずっと外れのほうだ。忘れないように、祖父の撮った写真アルバムを携えて行く。客があまりいない平日の午前中を狙った。

茂樹は想像する。もしもその女の人がフジコで、いまだに、その若く美しい姿で店に佇《たたず》んでいたら。その喫茶店は時が止まった喫茶店で、いつまでも変わらぬ姿のフジコが迎えてくれるのだ。夏はグラスに汗をかいて、澄んだ氷がカランと音を立てるアイスコーヒー、冬は、一口飲めば苦みと共に味わいが広がるホットコーヒー、側には黒猫が静かに寝ころんでいて……。

喫茶店『喫茶・フジコと黒猫』は路地の奥まった所にあった。古びてこぢんまりとし、看板も煤《すす》けているので、探していなければ、前を通り過ぎてしまっていただろう。煉瓦《れんが》造《づく》りの二階建てで、つるバラが壁を伝っており、カーテンの閉じた小さな出窓がある。

緊張しながら重い扉を開けると、シャリン、とかすかな鈴の音がした。珈琲《コーヒー》の匂いがする。中は薄暗く、目が慣れるのに少し時間がかかった。奥のカウンターに誰かが座っていて、一心に本を読んでいるようだった。綺麗な女の人だ。横顔を盗み見て——ぞっとした。写真そのままの姿で、フジコはそこにいた。少しも老けぬまま。

カウンターから、黒猫が音もなくしなやかに降りて、こちらにやってくる。前足を揃《そろ》えてすっと座り、にゃあ、と小さく鳴いた。

「いらっしゃいませ」

突然、背後から声を掛けられて飛び上がった。表を掃除していたのか、三角巾をして割烹着《かっぽうぎ》姿のおばあさんが、ほうきを持って立っていた。

あまり茂樹が驚くので、まあ落ち着いてと、お冷やをもらって一口飲む。

「——そうなんですか、シゲさんがお亡くなりに。知らせに来てくださってありがとうございます」

おばあさんは、黒猫を膝に乗せて背中を撫《な》でながら、茂樹の説明を聞いていた。黒猫の背中の丸みを確かめるように、ゆっくりと手を動かしている。黒い毛艶が綺麗だ。黒猫が目を閉じると、目の位置がわからなくなった。

この喫茶店は、この店主の女性がひとりで、長いこと切り盛りしていて、シゲさん――祖父の茂雄は、長らくここの常連だったという。アルバムの写真も見せる。

「近くでご覧になってください。写真の謎は解けるでしょう」

カウンターのフジコは、こちらを気にした風もなく、まだ本に集中している。近くで目を覗《のぞ》き込んでようやく分かった。瞬《まばた》きをしていない。

人形だ。それも、髪の一本、睫毛《まつげ》の一本から、とても精巧に作ってある。聞けば、ポーズも自由に変えられるのだという。

「これ、実はシゲさんの思いつきなんです。服も流行のを買って、着せ替えたりして」

なんだ。わかってみたら単純なことだった。フジコは、不老不死の美女などではなく、よくできた人形だったのだ。

「ちなみに、フジコはわたしです。この人形、若いときのわたしがモデルなんですよ」と、懐かしそうに笑う。フジコのその笑みに、祖父と過ごした年月の重みのようなものを、ふと感じた。

いろいろと祖父の思い出話をして、ぜひまたいらっしゃい、と言われて送り出される。コーヒーも美味《おい》しかったし、祖父の生前のエピソードも聞けて、思いがけずよい一日となった。

ふと振り向くと、『喫茶・フジコと黒猫』の店構えが見える。今の季節はつるバラは咲いていないが、咲いたらもっと素敵な眺めになるだろう。不老不死の美女、フジコが若い姿のままでカウンターに佇んでいる、時が止まった不思議な喫茶店、というわけではなかったが、祖父の大切な思い出の店だ。

ようやく喫茶店が開店するらしく、出窓のカーテンが開いた。見れば、さっきの黒猫がいる。窓辺でひなたぼっこするのだろうか、前足を舐《な》めて顔の毛繕いをしている。そのまま、こてんと横になった——と思ったら、しっぽがひょっこり見えた。

見覚えのある形だ。祖父のアルバムの中の黒猫と同じ、先の方が太いしっぽ。一見、真っ黒だからそう見えなかったのだが、そのしっぽはただ太いのではなく、先が二股に分かれている。

茂樹はふと思う。猫の寿命って、どのくらいだったたっけ？　さっきの黒猫は毛艶も見事で、とても老猫には見えなかった。黒猫が好きで、同じような黒猫を四十年近く代々飼っているにしても、しっぽの形までも完璧に似た猫って、いるものだろうか。

たしか、二股のしっぽを持つ猫は、妖力を得ると聞いたことがあるが……。

いや、まさかね。

お猫様　梶永正史

縁日で賑《にぎ》わう氏神神社の参道を歩く。

前を行くのは父だ。がん治療のために入院しているが、病室の窓を開けたときに祭《まつり》囃子《ばやし》が聞こえたので、こうして抜け出してきたのだった。

貫禄《かんろく》があった背中は、いまは小さくなってしまったけど、足取りは軽くひとなみをかき分けていく。

「お前、これ好きだったよな」

急に振り返り、僕はつくり笑顔で応える。父が指を差しているのはヨーヨー釣りだ。

「ああ、そうだね」

「あれも懐かしいな。どれ、久しぶりにやってみるか」

そう言ってしゃがみ込んだのはカタヌキ菓子の店で、切手くらいの大きさの菓子に描かれている絵柄を、割らないように針を使ってくり抜く遊びだ。

父が引いた絵柄は猫で、僕のは傘だった。

「お前は堪《こら》え性がなくてすぐに割っちまってなあ、その度にワンワン泣いたものだ」

確かにそうだったかもしれないが、大人ともなれば、その攻略法も理論的に理解している。針には強い力を入れず、焦らずに少しずつ溝を深くしていけばいいのだ。

「あ、しまった」

しかし傘の柄の部分は細く強度が低い。あと少しだと思った矢先に割れてしまった。

「ははは、ほらな。大人になっても変わらんな」

父は親の威厳を保てたとばかりに勝ち誇った表情を浮かべ、綺麗《きれい》に抜かれた猫を手渡した。

それからまた出店の間を歩きながら、お面や綿菓子、スーパーボールすくい、とひとつひとつに立ち止まっては子供の頃の思い出話をした。

参道を抜け、拝殿の前に立つと、賽銭箱《さいせんばこ》に五円玉を投げ入れ、手を合わせる。

ちょっと疲れたと言う父と並んで、横にある雑木に囲まれた広場のベンチに腰を下ろした。ここで、日が暮れるまで父とキャッチボールをしたことを思い出す。

空はまだかろうじて夏の明るさを保っているが、それもあと数分のうちに星空に変わるだろう。ふと、さっきもらった猫の型抜きを胸ポケットから取り出して、手のひらに乗せて眺めた。

「ああ、お猫様が出てきてくれるかもな」

僕は苦笑する。冗談好きの父は、その日にあったことを面白おかしく伝えるのが生き甲斐《がい》だと言わんばかりに、子供の頃からたくさん話をしてくれた。なかには虚実相なかばした話で、嘘《うそ》か本当かわからないようなものまで含まれていたが、そのなかのひとつが『お猫様』のエピソードだ。端的に言えば、縁日の日に猫の型抜きを成功させ、それを食べるとお猫様が現れるというものだった。

「うちは母さんが猫アレルギーだから飼えなかったけど、本当は、俺は猫派なんだ。だからこの神社に来ては猫と遊んでいた。お猫様も時々来てくれた」

たしかにこの神社には多くの野良猫が住み着いている。

「見た目は化け猫みたいだけどな、本当はいいやつなんだ。困った時は、お願い事を聞いてくれる」

まるでそうしろ、と言われているようで、僕は猫の型抜きを口に放り込んだ。

「なにか、呪文でも唱えたほうがいいのかな——って、うわっ！」

お猫様が、そこにいた。

猫は白い背中に茶色の絵の具を適当に垂らしたかのような模様で、両手をまっすぐに揃《そろ》えておすわりをし、まんまるな黒目で僕を覗《のぞ》き込んでいる。しかし座っていると視線はほぼ水平だ。つまりでかいのだ。ゴールデンレトリーバーと同じくらいの大きさで、確かに〝様付け〟で呼びたくなる。

「これが……お猫様？」

「ああ、そうだ」

父が頭を撫《な》でると、気持ちよさそうに目を閉じて体を擦り寄せてきた。ただ、喉を鳴らす音は地鳴りのように野太い。

「本当にいたんだ……」

「子供の頃に話してやっただろ。信じていなかったのか？」

父は悪戯《いたずら》っぽい笑みを浮かべる。

「そりゃ、信じるわけないでしょ」

「お前は、頭はよかったが堅いんだよな。融通がきかないっていうか想像力が乏しいというか。子供の頃から喜怒哀楽が薄くて愛想がなかったもんな」

「そこまで言わなくても」

お猫様は父の膝に額を擦り付けると、するりと抜けて縁日の賑わいに目をやった。

「父さんは、前にも会ったことがあるって言ってたよね？　この……お猫様と」

「ああ。お前は話半分で、そんなこと有り得ないとかなんとか言っていたけどな」

僕は苦笑する。

「せっかく来てくれたんだ。なにかお願い事をすればいい」

そうだなあ、と考えていると、お猫様は後ろ足で耳のあたりをしばらく掻《か》いてみせてから唐突に腹を上にして寝転んだ。両手を曲げ、その体勢のまま僕の顔を見あげる。体は大きくても、その動きは猫のままで可愛《かわい》らしい。

いま、願い事を叶《かな》えてほしいとしたら、ひとつしかない。

「病気を治せとかは無理だぞ」

見越したように父が言う。

「ひとには定められた生というのがあって、それは変えられないんだ」

僕はまた考え込んでしまう。他に、願い事が思いつかなかったからだ。

お猫様はふたたび立ち上がると、僕の指先に鼻を近づけ、クンクンと動かす。それからざらざらとした舌で手の甲を舐《な》め、飽きると毛繕いをはじめた。

「願い事といっても……」

「なんかあるだろ。出世とか、結婚とか」

「いや、そういうのは自分の力でなんとかできるものだから」

「ばかやろ。出世はともかく、結婚は自分の力だけじゃなんともならんぞ。特にお前は不器用だからな」

「ひどい言われようだ」

父は愉快そうに笑い、それからちょっと寂しそうな顔になる。

「どの道、俺は見届けられそうにないからな。せめて安心させてくれよ」

「そんなこと言わずに、父さんももうすこしがんばってくれよ。そうだ、父さんはなにか願い事はないの？」

「お前にはないのか。そういうのは自分の望みを叶えるものだぞ」

「いまは、父さんの願いを叶えたいんだよ。それが僕の望みだ」

父は腕組みをし、ぐーんと背伸びをするお猫様を眺める。

「そうだなあ。じゃあ……猫に生まれ変わらせてもらおうかな」

「猫？」

「ああ。そして、お前がいつか結婚して子供ができたらこの神社にお参りに来てくれ。それまで猫になって待っててやる」

「えっと……ほかになにかないの？」

「ないな。これ一択だ」

僕は後ろ頭を掻き、逡巡《しゅんじゅん》した後、お猫様に向き直る。

「お猫様、お願いです。父を猫に生まれ変わらせてください」

お猫様はすっくと立つと、んなー、と一声鳴いて背を向けた。それから体の大きさに似合わず軽やかに雑木を飛び越えた。それを呆然《ぼうぜん》と見送り、振り返る。

父の姿は消えていて、そこに一匹の猫が座っていた。父の髪型と同じようなハチワレ模様の猫が、なー、と鳴いた。


父は確かに笑った。酸素マスクのなかで、口角が上がったのが見えた。

「そして猫になった父さんは、あの神社で他の仲間たちと暮らしながら僕が家族を連れてくるのを待っているんだ」

病室のベッドで横たわり、動かせるのは目だけだったが、その優しげな目が丸椅子に座る僕をしっかりと捉えた。

「こんな感じでどうだろう。想像力は……まあまあるでしょ？」

そう言うと、また静かに笑った。

父とはしばらく疎遠だった。子供の頃ならともかく、成長するにつれ父が楽しそうに語る寓話《ぐうわ》をいつしか疎ましく感じるようになっていたし、卒業して実家を出ても、たまに帰省すればやはりとりとめのない話をされるのが苦痛だったからだ。

そんな父が体調を崩したとは聞いていたが、検査に行った際にがんが見つかりそのまま入院することになった。すでに手術ができる状態ではなかった。

危篤の報を受け、ここ数日、僕は病院に通い詰めていた。

なんでもいい。もう一度、おかしな話を聞かせてほしい。僕を喜ばせようとするためだったのに、もっと話を聞くべきだった。いままで避けてきた時間を取り返したい。

いまわの際にある父になにをしてあげられるのだろう……。

後悔の果てにそう考え、僕は『お猫様』の話をしたのだった。父の最期を。そしてこれからのことを心配させないように。

お猫様のエピソードは父が好んで話していた。僕は難産で生死が危ぶまれるほどだったが、父の願いを聞いたお猫様が、んなー、んなー、と母の力みに合わせて鳴いて安産に導いたというものだ。

母曰《いわ》く、実際は難産だったなんて嘘で、なんの問題もなかった。それもあって当時は自分の出生を茶化されているような気がして嫌だったが、今となってみれば、お猫様の応援のもとに生まれたほうが父の子らしいと思える。

頭の固い息子に、父親譲りの想像力があることを見せられただろうか。

話を聞き終わった父はなにかを喋《しゃべ》っていた。うなされているだけかもしれない。言葉は聞き取れなかったが、子供の頃、寝付けない僕のベッドの横に座って話をしてくれた頃が思い出された。

父の呼吸の間隔は徐々に長くなり、やがては止まった。静かな最期だった。


それから幾年月が過ぎ、僕は妻と共に縁日の出店で賑わう参道を歩いていた。時々立ち止まっては父との思い出を話す。そして腕には授かったばかりの我が子を抱いている。

拝殿で手を合わせ、ふと目をやると、あのベンチにハチワレ模様の猫がいた。両手を揃えてこちらを見ている。後ろ足で耳の後ろを掻き、大きなあくびをして軽やかに飛び降りた。そして何度かこちらを振り返りながら雑木林の向こうに消えた。

僕はその様子を見ながら、頬がゆるむのを感じた。

またね、父さん。

猫なら簡単なこと　井上ねこ

十月十四日の三連休最終日は晴天で気温も高く、過ごしやすい日になった。平野《ひらの》署刑事課に所属する大隅《おおすみ》巡査部長は世間から「訳アリ荘」と呼ばれているアパートの住人、花井《はない》朝美《あさみ》のもとを訪れた。

花壇で花の手入れをしている花井を見つけると、大隅は中腰になって声をかけた。

花井は七十一歳だが、元小学校教諭という経歴もあり、鋭い観察力と推理力を持っている。

「花井さん、お久しぶりです。オフレコで相談に乗ってもらっていいですか」

「もちろんいいわよ。今日も仕事かね」

花井はスーツ姿の大隅に視線を向けると、ガーデニング用の椅子から立ち上がった。

大隅は、花井にタブレットを渡すと「一昨日の事件で撮影された動画なんですが」と、動画を再生する。

「今は午後一時、これから友人の家にお邪魔します」と若い女性の声でナレーションが入ると、ドアが開けられ、玄関が映し出される。「梓《あずさ》、いないの」という呼びかけに、返事はない。玄関には二リットルのペットボトルがリビングのドアまで、少しの間隔を空けて並んでいる。

キャリーバッグが玄関の三和土《たたき》に下ろされて「私の飼い猫アメショのミャーシャが

ペットボトルを倒さずに、リビングまでたどりつけるか実験をしたいと思います」とナレーション。外に出た猫は鼻を鳴らすと、しなやかな肢体と優雅な足取りで、ペットボトルを倒すことなく、進んでいく。ペットボトルの川を渡り終えた猫は、リビングに通じるドアのわずかな隙間に体を潜り込ませると、向こう側へと姿を消した。

猫の後を追いかけるように、撮影者は進むが、ペットボトルに足が触れて倒してしまう。一本倒れると、連鎖的にペットボトルは倒れていく、撮影者はそれを避けるような慎重な足取りで、ドアを開けリビングに入る。壁際に置かれたソファーには女性が横になっていた。「梓、どうしたの」と悲鳴が上がった。テレビからはドラマの音が聞こえ、窓のカーテンは風で揺れている。撮影者はネイルが施されたきれいな両手で猫を抱えると、隣の部屋に押し込め、ドアを閉めた。それからソファーの女性に近づき体に触れた。滑らかな黒髪に隠された首から白い結束バンドのようなものが一瞬映る。白い肌を持つ美しい横顔は動かない。そこで動画が停止する。

「動画の直後、撮影者の芦川百合《あしかわゆり》さんが救急車と警察を呼んだのですが、残念なことに山村《やまむら》梓さんの死亡が確認されました。死因は結束バンドによる頸部《けいぶ》圧迫による窒息死。死亡推定時刻は午後一時の前後二十分。一階リビングの窓だけは鍵がかかっていなかったんですが、動画撮影の二十分前から、窓の外で住民三人が、昔で言う井戸端会議を開いていたんです。出入り口は玄関だけで、どうやって犯人がペットボトルを倒さずに出て行けたのか。芦川さんによると、被害者の山村さんには元カレだった中村《なか》《むら》という男がいたんですが、別れ話がもつれてストーカー化していた。ということで、彼から事情聴取したんです。ですが、ストーカーをしていたことは認めたものの、事件当日の十二時から二時まで友人達とバーベキューをしていたというアリバイを主張して、それは複数の人物から確認されました」

大隅から事件の状況を聞きながら、花井は動画に目を注いでいる。動画を二回再生すると、口を開いた。

「猫なら簡単でも、人間にはペットボトルを倒さずに部屋を出るのは無理。つまり、殺害現場は密室になっていたわけね」

「鑑識によると動画に編集された形跡はないらしく、タイムスタンプは、通報があった数分前のものでした。ナレーションは芦川さんの声と同じもので、ネックレスタイプのスマホホルダーを使って動画を撮っていたから、一人でも撮影出来たんですね。十二時半には被害者から芦川さんに『準備が出来た』とメッセージがあったので、その頃には玄関にペットボトルが置かれていたと考えられるわけです」

「大隅君のために一肌脱ぐかね。まずは現場を見せてもらわないと」

花井は優しい口調で大隅に告げると、歩き出した。大隅は「自動車で案内します」

と花井の後を追いかけた。


大隅と花井は規制線をくぐり抜け、殺害現場のリビングに入った。通路のペットボトルは証拠として押収されたため無くなっていた。リビングの隣は寝室になっている。

「動画の後、その猫ちゃんはどうなったんだい」

「猫が現場を荒らすといけないので、そのまま寝室に閉じ込めて、通報後にキャリーケースに入れたと芦川さんは言っていました」

花井はベッドとハンガーラックやチェストが置かれている寝室を、興味深げに見まわすと「なるほど」とつぶやき、寝室を出て、玄関に向かった。

玄関通路の奥行きを自分の歩数で測った花井は「ざっと三メートルほどだね。大隅君、どうすれば、猫のようにペットボトルを倒すことなく玄関に出られると思う」

「走り幅跳びなんかはどうです。私は中学のときに六メートルの記録を出したことがあるんですよ」

「動画だとリビングのドアはほとんど閉まっていたから、助走するのは無理なんじゃないかね。男子の立ち幅跳びの平均は二メートルちょっと。それに二リットルのペットボトルの高さは三十センチある。そんなことが出来る人はいないと思うよ」

スマホの検索結果を見ながら花井は言った。

「じゃあ、試してみますか」

悪戯《いたずら》っぽく微笑《ほほえ》んだ大隅は上着を脱ぎ、軽く屈伸運動をしたあと、掛け声とともに飛んだが、結果は通路の半分ほどに達しただけだった。

「たとえ、飛び越えられたとしても、着地の衝撃でペットボトルは倒れてしまうだろうね。それより、犯人はどうして、ペットボトルを倒して逃げなかったんだろうね」

「窓から侵入した犯人は部屋に隠れながら機会を窺《うかが》い、被害者を殺害後、逃げようとしたら、窓の外には人がいる。そこで、玄関から出ようとしたら、ペットボトルが並んでいた。という状況で、誰かが来る気配があり、トイレか風呂場に隠れていて、芦川さんがリビングに入ったあとに逃げ出した、と考えたんですが……」

一呼吸置いて大隅は続ける。

「悲鳴を聞いたアパートの隣人がすぐに様子を見に来たんですが、不審な人物を目撃していないんです」

大隅の返事に、花井は「事件後に逃走するのは無理だったと。ところで、元カレがストーカー化することはよくあることだわな。被害者は警察に相談はしなかったのかい」

「地域課によると、被害者と芦川さんが相談という形で交番に訪れたようですが、具体的な被害がないとどうしようもないから、状況をノートなどに記録する、特に動画や留守電などで証拠として残しておくといい。というアドバイスをしただけだったようです」

眉間に皺《しわ》を寄せた花井は「警察としては、何かないと動けないだろうしね。難しい話だわ」

指を組み、考えを巡らすように花井は「気になることがあるんだけど、いいかい」と大隅に尋ねた。

大隅は「もちろん、捜査に役立つなら、喜んで」と答えた。

「発見者の芦川さんと、ストーカー男に関係はあったのか。動画撮影とは具体的にどんなものだったのか、スマホにそのやりとりはあったのか」

手帳を取り出した大隅は記録を眺めながら「中村と芦川さんは会社の同僚で、入社時期が同じで、数年前には付き合っていたという噂《うわさ》がありました。中村という男は三十歳で社内では有望株と目されていたようです。その後、合コンを通じて芦川さんの友人だった被害者と交際を始めたようです。計画についてですが、具体的にはペットボトルと猫のオヤツを用意しておいて、ということくらいですかね」

「犯罪というのは周到に企《たくら》んでも、どこかでボロが出るものだね」

花井は、ポケットから飴《あめ》を取り出すと、口に入れた。大隅はその様子を見て、安堵《あんど》した。花井は集中すると飴を舐《な》める癖がある。きっと妙案を思いつくに違いない。

花井はしばらくしてから、大隅に自分の推理を小声で話した。

「手袋については後ほど捜索してみます。えっ、猫が犯人を示唆していたんですか」

大隅は花井の瞳を覗《のぞ》き込むようにして言うと「ご意見ありがとうございました」と頭を下げた。


三日後の夕方、花井がアパートの花壇で水遣《みずや》りをしていると、大隅が声をかけてきた。

「事件が解決したので、報告に来ました」

「その表情からすると、私の推理は役に立ったようだね」

大隅は花井に勧められた椅子に座ると話し始めた。

「芦川さんのDNAが付いた手袋が被害者の寝室にあったチェストから見つかりまして、それを告げると彼女は観念したのか自白しました。付き合っていた中村さんを横取りした山村さんに怒りを覚えた。そこで計画を立て、猫とペットボトル動画を撮るときに、中村さんから襲われた姿を偶然撮影したと被害を偽装すれば、警察にも話をまともに聞いてもらえる。そんなことを山村さんに吹き込んだ。動画で倒れていた山村さんは、演技で死んだ振りをして自ら結束バンドを首に巻いていた。そこで芦川さんは……」

「本当の死人にしてしまったというわけね。素手で結束バンドを摑《つか》んで絞殺したら、手に傷がつくだろうから、手袋を使ったんだろうけど。十月の暖かい日だから、手袋を持っていたら不自然だし、手袋を隠すなら手袋の中というわけで、チェストに入れたと睨《にら》んだけど、当たったようだね。それにしても、そんな愚かな計画に乗った被害者は、ストーカーに悩んで正常な判断を失っていたんだろうよ。可哀想《かわいそう》に……」

「同僚だった中村さんが、連休初日は一日家でゴロゴロすると話していたのを知って、アリバイがないだろうと芦川さんは考えたようですが、まさかアリバイが成立したうえに、窓の外に人がずっといたとは思わなかったと。屋外の人の声をドラマの音だと勘違いしていたようで、悪いことは出来ないものです」

話し終えた大隅は「どうして、猫を寝室に入れていたことが、推理のヒントになったんでしょうか」と、花井に尋ねた。

「そりゃあ、自分の愛猫に人を殺すところを見られて、猫ちゃんにトラウマを与えたくなかったんだろうよ。裁判の時にはそこを斟酌《しんしゃく》して欲しいものだね」

花井は深いため息をついてから、水差しを手に取った。

モトコとトモコ

高橋由太

わたしは茶トラ柄のメス猫で、二十歳を過ぎている。猫としてはかなり長生きだ。猫は自分の年齢を数えたりしないが、飼い主の素子《もとこ》が「もう二十歳を過ぎたわね」と教えてくれた。トモコという名前を付けたのも、素子だった。口癖のように言っている。

「モトコとトモコ。姉妹みたいでしょ」

「にゃう」

わたしはそう答える。人間と猫が姉妹になれるわけがないと思いながらも、素子には逆らわない。拾ってくれた恩があるからだ。

素子は古い一軒家に住んでいて、わたしはその家の庭に迷い込んだ。生まれたばかりのころのことだから、はっきりとはおぼえていないけれど、母猫からはぐれたか捨てられたかしたのだろう。野良猫の世界は過酷で、子どもだからといって、いつまでも養ってはもらえない。生まれたばかりでも捨てられることがある。親猫は助けてくれない。ひとりで生きていかなければならないのだが、そのころのわたしは幼すぎた。

家の庭の端にある小さな納屋で、わたしは「にゃあにゃあ」と鳴いていた。お腹《なか》が空《す》いて死にかけていたんだと思う。ひもじかった記憶は残っている。人間が近づいてくる足音にさえ気づかなかった。

「あらまあ、ちっちゃな猫だこと」

そんな声がして、そっちを見ると素子が立っていた。六十歳くらいだったらしいが、よく分からない。猫は目が悪いから、顔も見えなかった。ただ、自分より大きな動物が怖かった。わたしは震え上がったが、逃げ出す気力はなかった。

つまみ出されてもいいところだけど、素子はわたしを追い出すことなく、反対に家に入れてくれた。そして、美味《おい》しいごはんと温かい寝場所を与えてくれた。

「まだ死んじゃだめよ」

釘《くぎ》を刺すように言った素子の言葉は忘れられない。わたしは「にゃお」と返事をした。そう答えたことで、守らなければならない約束をした気持ちになった。

やがて、その約束はわたしの願いになった。素子と――優しいにおいのする女性と、できるだけ一緒にいられるように願った。

わたしを拾ってくれたとき、素子は夫と息子と三人で暮らしていた。みんな、優しかった。わたしに優しかった。とてもとても優しかった。楽しかったし、幸せだった。けれど、幸せな時間は長くは続かない。猫の一生は短いけれど、人間も永遠には生きられない。ずっと一緒に暮らすことはできない。必ず別れのときが訪れる。誰かが、どこか遠くへ行ってしまう。

最初に素子の夫が死んで、それから、息子が結婚して家から出ていった。

「ときどき顔を見せるから」

そう言って、新しい家を作った。約束通り、ときどき遊びに来た。やがて、子どもが生まれたらしく、素子によく似たにおいの赤ん坊を連れてきた。百花《ももか》という名前らしい。

モトコとトモコとモモカ。

何となく似ている。姉妹みたいだ。わたしは赤ん坊が大好きになった。よく笑うし、トモコ、トモコと名前を呼んでくれる。

でも、一緒に暮らしているわけではないから、遊びに来ても、すぐどこかに帰っていく。すると、いっそう家が静かに感じた。水道から水滴が落ちる小さな音さえ聞こえてくるのだ。風の音が怖かった。家が軋《きし》む音が大きく鳴る。人がいなくなると、音がうるさく感じるものだと分かった。

「トモコがいてくれるから寂しくないわ」

素子がわたしを撫《な》でてくれる。優しい嘘《うそ》をつきながら、優しく撫でてくれた。

「にゃう」

わたしは鳴くことしかできない。助けてもらった恩を返すことができない。いつだって猫は無力だ。

「ずっと一緒にいてね」

そして、わたしの右の前足を持って上下に振った。指切りげんまんというものらしい。人間同士がする約束だ。

「破っちゃダメよ」

念を押されて、わたしは頷《うなず》くつもりで「にゃう」と鳴いた。破ってはならない約束をさせられた。

こうして、素子のにおいを感じるかぎり生きていよう、と誓った。素子には逆らわない。わたしは約束を破らない。

モトコとトモコ、どちらが先に死ぬんだろう？　そんな縁起でもないことを考える。いつの間にか、拾われたときから二十年以上の歳月が流れ、わたしも素子も年老いた。すっかり、おばあちゃんになった。寿命の終わりが近づいている。

わたしは目がいっそう悪くなり、何もかもがぼんやりとした影にしか見えない。素子の顔も、ほとんど見えなくなっていた。においだけを頼りに生きている。素子は疲れやすくなり、寝込むことが増えた。病院へ行き、たくさんの薬を飲んでいる。

「来年まで生きていられるかしら」

そんなことを自信なさそうに呟《つぶや》くようになった。忙しいのか、そういうものなのか、最近は息子たちもあまり顔を出さない。素子はすっかり気弱になった。

わたしは、猫だから死ぬのは怖くない。生き物なんだから死ぬのは当たり前だ、と思っている。だけど、独りぼっちにはなりたくなかった。素子とずっと一緒にいたい。せめて、素子がわたしより長生きしてほしくて、寝る前に祈る。猫の願いを聞いてくれる神様なんていないのかもしれないけれど、祈らずにはいられなかった。大好きな素子が、ずっとずっと元気でいますように、と。

でも、やっぱり願いは叶《かな》わなかった。神様は、猫の願いなんて聞いてくれない。冷たいものだ。

ある日、素子は買い物に行って、そのまま帰ってこなかった。一日経《た》っても帰ってこない素子を待っていると、わたしたちの家に素子の息子がやって来て、素子が死んでしまったことを教えてくれた。買い物途中で倒れ、そのまま死んでしまったようだ。

「にゃう……」

悲しい声が出た。わたしは生きる気力を失った。素子のいない世界で生きていたくなかった。素子の息子は優しくて、こんなわたしに「うちで一緒に暮らそう」と言ってくれた。「な、うちに来いよ」と誘ってくれた。

美味しいごはんと温かい寝場所を与えてくれるというのだ。彼のことは好きだったけれど、やっぱり素子ではない。においが違いすぎる。

それでもわたしみたいな年寄り猫に優しくしてくれるのは嬉《うれ》しかった。だから、お礼を言った。

「にゃお」

そして、わたしは駆け出した。年寄り猫だけど、ちゃんと走ることができた。逃げ出すことができた。

「おい、トモコっ！」

慌てる声が聞こえたけれど、わたしは立ち止まらない。素子と暮らした家から飛び出した。どこかに行って死ぬまで丸まっているつもりだった。そうすれば、素子に会える。きっと会える。


家の外に出るのは、久しぶりだ。素子と一緒に暮らしていたときだって、動物病院に行くときくらいしか外に出なかった。そのときもバスケットに入っていたから、ほぼ外気には触れていない。どこに何があるのかも分からなかった。

素子の息子から逃げ出すことはできたけれど、すっかり疲れてしまった。見つからないように物陰に隠れながら、庭を横切っていく。視力の衰えたわたしは、遠くが見えない。近くのものさえ霞《かす》んで見える。においと音だけが頼りだった。それでも、どうにか歩いた。よたよたと歩いた。

やがて、小さな建物に着いた。やっぱりよく見えなかったけれど、ここが何かはおぼえている。このにおいはおぼえている。

「にゃう」

確かめるように鳴いた。間違いない。素子と出会った納屋だ。入口の扉は壊れ、中途半端に開いたままになっているが、まだ取り壊されてなかった。

ここから、わたしの一生は始まった。そして、ここで終わるんだと思った。それでいい。それで十分だ。あの世で素子と会えればいい。

わたしは納屋に入った。ずっと使っていなかったらしく、人間のにおいはしなかった。土とほこりのにおいだけがする。二度と戻らない過去のにおいがする。

素子に拾われたときの記憶を思い出しながら、わたしは納屋の片隅で丸くなった。このまま死んでしまうつもりだった。それを望んでいた。目を閉じると、世界が暗くなった。真っ暗になった。

「……トモコ、こんなところにいたんだね」

そんな声が聞こえ、わたしは目を開けた。明るくなりはしたけれど、はっきりとは見えない。ただ、人間の影があった。近づいて来た足音にさえ気づかなかったが、人間が近くに立っている。

「にゃう」

思わず鳴いたのは、素子のにおいがしたからだ。わたしは死んでしまい、違う世界に辿《たど》り着いたのかもしれない。

嬉しかった。けれど、素子でないことにはすぐ気づいた。声が違う。それでも、素子のにおいを感じた。強く感じた。あの世から、「まだ死んじゃだめよ」と言われているようだった。

そうだった。

約束したんだった。素子のにおいを感じるかぎり生きていよう、と誓ったことを思い出した。

そんなことを考えていると、素子と似たにおいのする娘が叱るように言った。

「逃げちゃダメだよ。お父さん、すごく焦ってたよ」

そして、わたしを抱き上げてくれた。とても暖かかった。においだけではなく、その暖かさも素子に似ていた。他にも似ているところはあった。

「これからは、わたしと一緒だよ。ずっと一緒にいてね」

わたしの右の前足を持って、上下に振ったのだった。このしぐさはおぼえている。指切りげんまんだ。また、約束してしまった。破ってはならない約束をしてしまった。

仕方がない。もう少しだけ生きていよう。素子のにおいを感じるかぎり生きていよう。モモカと一緒に生きてみよう。わたしは、約束を破らない。

プレゼント　降田天

　食洗機に皿を入れる手を止め、一輝《かずき》は反射的に耳を澄ませた。どうしたの、とパソコンをにらんでいた妻の美菜《みな》に問われ、しっと人差し指を唇に当てた。

　――にゃあ、にゃあ。

「……猫の声がする」

「わたしには聞こえないけど。外？」

「いや、もっと近いよ。たぶんだけど、下の部屋じゃないか。内緒で飼ってんのかな」

「下？」

「二階のサラリーマン。おれよりちょっと若いくらいの。引っ越しの挨拶に来てくれたじゃん」

　このマンションではペットの飼育が禁止されている。やっぱり聞こえない、と美菜が首を振る。

「きみが行ってる駅前のヨガ教室の向かいに、ペット用品店があるじゃん。その前で、下の人を見たことがあるんだ」

　ルール違反とはいえ、正直なところうらやましい。子どものころ、短いあいだではあるが猫と暮らしていたので、いつかはマイホームを持って猫を飼いたいと一樹は思っていた。

「二週間くらい前にも、昼ごろ、下から鳴き声が……」

美菜がパソコンを閉じた。

「猫の声なんかしないって」

三度目の否定には反論を許さない厳しさがあり、一輝が息を呑《の》むのと同時に、耳障りな音が耳の内側から響いた。

職場内のいじめをきっかけに、一輝が仕事を辞めて半年だ。被害者と、上司にいじめの事実を報告した一輝のふたりが、自己都合という名目で退職に追いこまれた。それからずっと耳鳴りとめまいに苦しめられている。再就職もできない現状に、妻はいら立っている様子だった。

「ごめん。おれの勘違いかも」

一輝がか細い声で謝ると、美菜はうってかわって心配そうに言った。

「ねえ、通販で買ってあげたプロテイン、ちゃんと飲んでる?」

ここ数日飲み忘れていたことを思い出し、まだ食洗機に突っこんでいなかったコップに、プロテインと水を注いで飲み干した。

「鉄分とかたんぱく質とか、いまの一輝に必要な成分が入ってるんだからね。忘れないでね」

ん、と曖昧な態度になってしまったのは、プロテインが効いているとは思えなかったからだ。むしろどんどん悪化しているように感じているが、これ以上の心配をかけたくはないから、本当のことは言えない。

「ところで、なんで駅前に行ったの？　出歩くのはしんどいんじゃなかったっけ？」

一輝は窓辺に置かれた多肉植物の鉢に目を向けた。

「もしかして、プレゼントしてくれたサンセベリア、駅前の園芸店で買ってくれたんだったの？」

「美菜が集めた多肉植物、いっぱいダメになっちゃったじゃん。仕事の忙しさと、おれの退職のゴタゴタで……」

ベランダには空になった鉢がいくつも放置されている。洗濯ものを干しにベランダに出るたびに、妻に対する申し訳なさで胸がつまった。ＳＮＳに園芸店の広告が流れてきたのはそんな折だった。

美菜を喜ばせたかっただけで、一輝自身は多肉植物に対して興味も知識もない。店で「トラノオ」という別名があると聞き、虎猫の尻尾《しっぽ》に見えなくもないところが気に入ってサンセベリアを選んだ。昔飼っていた猫はキジトラだった。

「ねえ、おれが再就職したらさ、郊外に引っ越さない？　多肉をいっぱい置けるような一軒家にさ。猫とも一緒に暮らしたい」

「いいねえ、それ」

美菜はほほえみ、でも、と続けた。

「サンセベリアに含まれる成分が猫には毒になるの。無害だって言う人もいるくらいの経度の毒性ではあるけど、リスクを避けるなら置き場所は考えたほうがいいかもね」

さてご褒美、と言って美菜が立ちあがった。持ち帰りの仕事を終えたご褒美に、ベランダで煙草《たばこ》を吸うのが最近の習慣になっていた。

――ああ、ああ。

「なんか、猫の声がするんだって」

情事が終わり、美菜は裸のままベッドサイドに置かれた〈子猫の爪〉をつついた。これも多肉植物で、美菜自身が気に入って購入したものだ。

「猫ねえ。旦那、気づいててカマかけてんじゃないの？　駅前でおれを見たとも言ってるんでしょ」

「うーん、ちょっと判断しかねるところかな。幻聴っぽくもある」

「幻聴であってほしいな。じゃないと進退窮まる」

少しも困っていなそうな口調で、春樹《はるき》は美菜を後ろから抱きしめ、首筋を甘嚙《あまが》みした。おふざけに対し、美菜もわざと猫のような声で応える。

仕事を通じて知り合った春樹は、一輝との生活では無縁の満足を美菜に与えてくれた。下の階の部屋が空き室になった際、越してくるように美菜の側から提案した。以来、この部屋か、駅近くのホテルで会っている。煙草を口実にベランダに出て、下の階のベランダから首を突き出してこちらを見上げる彼と視線を交わすときの、背徳感といったらない。

「本当にやばそうなら、おれ引っ越そうか？　せっかく薬が効いてきてるっぽいのに、ここでバレたらまずい」

からみ合っているうちに、どちらかの手が〈子猫の爪〉に当たった。鉢は床に落ち、割れこそしなかったものの、小さな緑は土とともに床に投げ出された。

「あーっ、かわいい子猫ちゃんが！」

春樹と出かけたときに買ったものだから、思い入れもひとしおだ。

「旦那くんが新しい多肉を買ってくれたんでしょ」

「サンセベリアは蛇みたいだから嫌いなの。英語ではスネーク・プラントっていうんだよ。できるかぎり目に入れないようにしてる」

蛇は毒を連想させる。

プロテインに混ぜた微量の薬は、確実に夫を蝕《むしば》んでいるようだった。本人は必死で隠そうとしているが、一緒に暮らしているのだから一目瞭然だ。症状が進めば、いまとは比較にならないほどの幻聴、そして幻覚に苦しめられることになる。そこから先は、一輝自身がみずからの運命を決めるだろう。

一輝は夢を見ていた。夢のなかの一輝は子どもで、傍《かたわ》らにはあのキジトラがいた。野良犬に襲われていたのを一輝が助け、そのまま家族の一員になったのだ。迎えたときにはすでに老いていた猫に、一輝はトラというひねりのない名前をつけた。一輝の住んでいた田舎《いなか》の集落では、猫は外飼いがふつうだった。トラはある日どこかに消えてしまって、お別れもできなかった。

ねえトラ、きみは幸せだった？

トラが口を大きく開けた。

――にゃあ……にゃあ……。

バッと目を開けた。夢でも幻聴でもない、本物の猫の声。弱々しくていまにも消え入りそうだが、たしかに聞こえる。下の部屋ではなく、すぐ近くからだ。

ベランダで物音がするのに気づいて出てみると、大きな鴉《からす》が目に飛びこんできた。空の鉢が散乱した床に降り立ち、鋭い爪で子猫を押さえつけているではないか！　とっさに声をあげると、鴉は獲物を放してすばやく飛び去っていった。

ぐったりした子猫を、一輝は最寄《もよ》りの動物病院へ連れていった。衰弱しているものの命に別状はないと診断され、ほっと胸をなでおろした。

点滴を終えて再び腕のなかに収まった子猫に、一輝は小声で語りかけた。

「もしかして、きみがおれを呼んでたの？」

子猫はまるで言葉を理解しているかのような不思議なまなざしで一輝を見ていた。トラと同じキジトラで、顔もよく似ている気がする。

家に帰り、深呼吸をする。少し元気を取り戻した様子の子猫は、尻尾と首を動かして室内を観察している。

下の階から聞こえた猫の声。あまり想像したくはないが、鴉が今日と似たようなことをよそのベランダでもやったのかもしれない。

買ってきた猫用ミルクを作ろうとして、近くに置いてあったプロテインの袋を床に落としてしまった。きちんと閉まっていなかったようで、乳白色の粉がキッチンの床に広がった。美菜がおれのために買ってくれた高価なものなのに。

子猫がとことこと寄ってきて粉を舐《な》めようとするのを見て、一輝はぎりぎりのタイミングで小さな体を抱きあげた。子猫を隣の部屋に隔離し、粉の一粒も残らないように掃除機をかけた。

作業を終えて息をついたとき、窓辺のサンセベリアが目に入った。逡巡《しゅんじゅん》ののち、一輝はサンセベリアをベランダに出した。子猫がこの家にいるあいだだけだ、と弁解するように考えた。

夜になって帰宅した美菜は、突然現れた子猫に戸惑いを隠さなかった。一輝が昼間の出来事を話すと、職場で飼い主になれそうな人を探してあげると言ってくれたものの、一輝はひっかかりを覚えた。おれは本当にそれを望んでいるのだろうか。

いつもどおり持ち帰りの仕事を終え、ベランダに出ていく彼女の背を見送りながら、サンセベリアのことを思い出した。ひとこと謝らなければと思ったとき、美菜が悲鳴をあげた。

「ひっ、蛇！」

「あ、ごめん、猫が……」

「なんでサンセベリアが外にあるの！」

鉢を勢いよく持ちあげる美菜。

美菜の手からするりと抜け落ちる鉢。

——ぎゃあ！

ベランダの下のほうから響く声。

手すりに飛びついて下を覗《のぞ》きこんだ美菜が、再び悲鳴をあげた。

——にゃあ。

一輝は部屋を振り向いた。キジトラの子猫がごろごろと喉を鳴らした。

仲良くできるかな

辻堂ゆめ

「実は私……猫、飼ってるんだ」

三回目のデートで、三段重ねのアフタヌーンティースタンドが運ばれてきた直後、意を決したように柚希《ゆずき》が打ち明けてきた。

彼女とは、マッチングアプリで出会った。成婚率が最も高いという口コミで選んだアプリには、同年代の真面目《まじめ》な女性たちが集っていて、その中でも柚希はひときわ好印象だった。二十七歳という年齢のわりに知的で落ち着いた口調で喋《しゃべ》る彼女には、艶やかなミディアムボブの黒髪がよく似合っている。

色とりどりのケーキが載ったティースタンドを写真に収めようとしていた僕は、にわかに鼓動が速くなるのを感じながら、スマートフォンをテーブルの端に伏せた。

猫を飼っている——その重要な事実を僕に伝えてきたということは、柚希も意識してくれていたのだ。今日のデートを機に正式に交際を始め、自分の部屋に恋人の僕を招くという未来を。もし僕が猫嫌いや猫アレルギーだったとしたら、いくら人間同士の相性がよくても、結婚を見据えた交際には至らない。

「あっ……僕もだよ」

「朔也《さくや》くんも？　そうだったの？」

「お互い一人暮らしなのにペットを飼ってるなんて、意外な共通点だね」

「どんな猫ちゃん？　うちは折れ耳のスコティッシュフォールドだよ」

「こちらは雑種。保護猫のポスターを見て、里親になったんだ」

何歳なの、名前は、性別は、模様は、と矢継ぎ早に質問が飛んでくる。写真を見せあうことになり、『ムギ』という名前にふさわしい小麦色の猫の写真を見せると、柚希の両目が途端にとろけた。

「綺麗《きれい》な茶トラくん！　ちょっと鍵尻尾《かぎしっぽ》なのかな、可愛《かわい》いね」

柚希の猫は灰色の雌で、名前は『ソラ』だという。空は空でも曇り空なんだけどね、という彼女の説明に、僕は思わず相好《そうごう》を崩した。

「癒やされるけど、大変なことも多いよね。仕事終わりの飲み会も、基本行けないしさ」

「前々から分かってれば、餌を多めに置いとくんだけどね。急に誘われると困るよね」

「働いてる間も、今何してるかなって、しょっちゅう気になるし」

「朔也くんは、ペットカメラ使ってる？」

「もちろん！　常に見られる状態じゃないと心配で……文明の利器には感謝だよ」

「今、見てもいい？」

「え、ムギを？　それはまずい、部屋が全然片付いてない！」

僕が慌ててると、「残念、また今度」と柚希が悪戯《いたずら》っぽく微笑《ほほえ》んだ。それからスマートフォンでアプリを立ち上げ、彼女の家のペットカメラの映像を見せてくれる。小さな部屋の中で、背の高いキャットタワーからソファに飛び移って一人遊びしているソラの姿がちょうど映り、今度は僕の両目がとろけた。

「いいなぁ……楽しく遊べる場所の工夫もあって、飽きないね」

「おかげでソファはすぐボロボロにされちゃって、もう三台目だけどね」

「なかなかやんちゃ！　うちのムギも、ご飯をソファに運ぶ癖があって困ってるよ」

「あの……ちょっとお願いがあるんだけど」

「ん？」

「ソラを、一泊預かってくれないかな」

柚希からの唐突な依頼に、僕は目を瞬《またた》いた。彼女は黒い睫《まつげ》毛を遠慮がちに伏せ、画面の中のソラを指先で撫《な》でている。

「実は……来週の金曜に、高校生の従妹《いとこ》が田舎《いなか》から泊まりにくる予定で。受験する大学がうちから近いからなんだけど、動物がけっこう苦手みたいなんだよね。ソラがいても大丈夫、って本人は言うの。でも大事な入試の前日だから集中させてあげたいし、かといってペットホテルを使うと代金を払うって言いだしそうだし……猫を飼ってる知り合いが預かってくれれば、気を使わせずに済むのかなって」

「えーと……分かった」

「本当？　いいの？　あ、でも、ムギくんとソラ、仲良くできるかな？」

「そこはなんとかするよ。いざとなったら部屋を分ければいいしね」

「部屋、二つあるんだ」

「ムギを飼い始めてから、広めのマンションに引っ越してさ」

そう答えながらも、僕は依然として困惑していた。まだ柚希と付き合うと決まったわけでもないのに、先に猫を預かる話が進んでいる。順番が逆ではないか。いや、そんなこともないのか。交際目前の魅力的な女性と、彼女が飼っている折れ耳のスコティッシュフォールド、どちらを家に上げるのがより気楽かといえば、後者だ。

「ありがとう！　ソラをよろしくね。さ、紅茶も冷めちゃうし、ケーキ食べよ」

「おっと……忘れてた。どれにしようかな」

「私はイチゴのタルトから」

「よし、じゃあ僕もそれを」

「朔也くん、いつも私に合わせてくれてない？」

そんなことないよ、とかぶりを振りながら、僕はイチゴのタルトを皿に取った。


それから一週間が経《た》ち、いよいよソラが我が家にやってきた。

仕事は昼から半休を取り、部屋の片づけやムギの世話をして万全に準備を整えた。

そして約束の午後七時に、マンションのエントランスで、猫用のキャリーバッグと餌や毛布の入った紙袋を柚希から受け取った。彼女が後ろ髪を引かれるように手を振って、陽《ひ》の落ちた街へと去っていく間、ソラは警戒したようにバッグの中で身をこわばらせていたけれど、暴れ出したりはしなかった。

仲良くできるかな、という柚希の言葉が耳に蘇《よみがえ》る。

おそらくソラと同じくらい緊張しながら、僕はエレベーターに乗って部屋に戻った。玄関のドアを開けると、ムギがダイニングテーブルの陰から姿を現した。しかしそれ以上僕に近づこうとはせず、威嚇するように鼻にしわを寄せて歯を剝《む》きだす。

「あーあ、やっぱりそうなるよな」

僕が家にいるときは、常に僕を独占しているムギのことだ。人間ならまだしも、まさか猫の来訪者があるとは予想もしていなかっただろうから、嫉妬するのも無理もない。慣れるまではケージに入れようかとも考えたけれど、それもそれで怒るだろう。

「仕方ないか、ソラちゃんはこっちにおいで」

ムギをダイニングに残し、寝室に入って慎重に引き戸を閉めた。隣の部屋でムギが唸《うな》っている声がする。お願いだから、明日までに仲良くなってくれ。一緒に遊べるようになれとまでは言わないから、間違っても嚙《か》んで怪我《けが》をさせたりしないでくれ。でないと、せっかくいい感じになった僕と柚希の今後に暗雲が垂れ込めるのだ。

キャリーバッグをゆっくりと床に下ろし、ファスナーを開ける。ソラは途端に部屋の隅へと駆け出し、怯《おび》えたようにベッドの下に隠れてしまった。

「うーん……いきなり預かるなんて、無謀だったかなぁ」

でも無謀な依頼をしてきたのは君の飼い主なんだよな、と心の中でぼやきながら、柚希から受け取った紙袋の中身を出す。猫砂の入ったポータブルトイレをどう設置したものかと途方に暮れていると、隣の部屋でインターホンの音がした。

ムギが脚の間から侵入しないよう注意しながら寝室を出て、壁のモニターを覗《のぞ》き込む。小さな画面に映っているのが柚希だと気づき、驚いた。明朝ソラを返すときのために部屋番号は教えておいたのだけれど、僕に渡し損ねたものでもあったのだろうか。

「あれ、どうした？」

『そっちまで行くから、ロックを開けて』

柚希が硬い声色で言う。僕は混乱しながらも解錠ボタンを押した。先ほどソラを受け取ったときに、何か彼女の気分を害するようなことをしてしまったか。不安になりながら待っていると、外の共用廊下から靴音が聞こえてきた。

玄関のドアを開けようと、レバーハンドルに手をかける。押し開けようとした瞬間、二度目のインターホンが鳴った。部屋の奥にいたムギがその音に反応し、こちらに駆けてくる。あっ、まずい——と焦ったのも束の間、ムギの鳴き声が響き渡った。

ワンッ、ワンワンッ——。

「やっぱりね。ダメだよ朔也くん、そんなに無理して嘘《うそ》をついちゃ」

ドアの隙間に指を入れ、柚希がそっと中を覗き込んできた。僕の足元に寄ってきたムギを見て、「わ、可愛い。トイプードルかマルチーズのミックスかな」と目を細める。

「……いつから気づいてた？」

「二回目のデートのときから。だってムギくんをスマホの待ち受けにしてるんだもん」

「ああ、もう見られちゃってたのか……」

「けっこう落ち込んだんだよ。これは脈なしかな、って」

それはこちらの台詞《せりふ》だ。先週、猫を飼っていると柚希に打ち明けられたときは、動揺して心臓が早鐘を打った。よりによって二人とも、一人暮らしの部屋でペットを飼っていて、僕は犬、彼女は猫――こんなの、絶望するに決まっているじゃないか。

「実家で飼ってる犬なのかも、とも思って、なかなか訊《き》けなかった。それで自分から言うことにしたの。もう次のデートには誘ってもらえなくなるかもしれないけど、後から分かるよりはましかな、って。そしたら『僕もだよ』なんて言い出すんだもん、びっくりしたよ。猫を飼ってるなら、待ち受けを犬になんてするはずないのに」

――朔也くん、いつも私に合わせてくれてない？

イチゴのタルトから食べようと決めたとき、柚希がそう尋ねてきたのを思い出す。あの時点でとっくに見抜かれていたのだと思うと、急激に頰が熱くなった。

「ごめん。ムギのことを正直に話したら、関係が終わりになるんじゃないかと怖くて……ネットで画像検索した猫の写真を見せたんだけど、ボロが出ちゃってたかな」

「出すぎだよ！」柚希が苦笑する。「仕事終わりに飲み会に行けないのは、ワンちゃんの散歩のためでしょ。部屋が片付いてないとか言って、ペットカメラも見せてくれないし。ムギくんのために広い部屋に引っ越したとか、ソファにご飯を運ぶ癖があるとかいう話も、ああやっぱり犬を飼ってるんだな、って丸わかりだったし」

僕が「なんで？」と仰《の》け反《ぞ》ると、柚希は丁寧に教えてくれた。広い空間を駆け回る犬とは違って、猫は高い場所を好む習性があり、狭い部屋でも上下に移動できるキャットタワーなどを置けば十分なのだという。また、ソファがボロボロになるのは当然爪とぎのせいで、猫の飼い主からすると、僕の発言はまるで見当違いだったらしい。

「こちらこそごめんね。高校生の従妹が泊まりにくるって話は嘘。ソラを一晩預かってって頼めば、さすがに本当のことを話してくれるかなって思ったの。それなのに、朔也くんが平気な顔でオーケーするから……」

「いや、あのときはもう後に引けなくなってて……でもあのあと、ソラちゃんを迎えるために、ちゃんと調べたんだ。犬と猫って、縄張りを分けたりして工夫すれば一緒に飼えるらしいよ。幸い、雄と雌の組み合わせも相性がいいみたい。だから――」

性急かもしれないとは思ったけれど、ここぞとばかりに僕は言う。

どうか安心して、僕と付き合ってくれませんか――、と。

ココア　朝永理人

古希を迎えた母が庭で草むしりをしている最中、つまずいて手首の骨を折ったと父から連絡が来た。母と同い年の父は定年後も会社に勤めているし、そもそもの家事スキルが低いため、生活がままならないという。よって気ままな自営業の自分が、母が回復するまで定期的に実家を訪れ、家事を手伝うことになった。

一人暮らしのアパートから、電車で五つ先の駅で降り、途中のスーパーマーケットで食料を買い込んでから、実家への道を歩く。私が小学校に入学した時に越してきてから、数え切れないほど何度も通った道だが、目に入る景色はあの頃とはどんどん変わっている。

家の前まで着いたところで、隣家から人の声が聞こえた。首を伸ばしてみると、隣人の長久保《ながくぼ》さんが縁側に腰かけていた。膝の上に乗った猫に、「ゆらちゃん、今日はあったかいわねえ」と話しかけている。まだ子猫なのだろう、体もやせて小さい。茶色い毛並みで、右目のところが黒いぶち模様になっていた。黒い首輪をつけている。

「お日さま、気持ちいいねえ」

そのあと、冷蔵庫に買ったものを移しながら、「長久保さん、猫を飼いはじめたの?」と母に話を振った。骨折してから通販で買ったといういわしせんべいを、折れてたほうとは逆の手で口に運びながら、母は「あー、そうみたい」と言った。ばりぼりという音が語尾に混じる。しゃべり終わってから食べろと注意するが柳に風だ。「たまに呼ぶ声が聞こえてくるよ。『ゆらちゃん、ゆらちゃん』って」

「長久保さん、猫とか嫌いそうなのに」昔、隣の庭に水の入ったペットボトルが置かれていたのを思い出しながら、私は言った。

「一人が寂しくなったんじゃない。ほら、半年前くらいに、旦那さんが亡くなったじゃない」

「娘さんは今はどうしてるの？」

「ん？　あの人、子供いないはずだよ」

「あれ？　そうだっけ」

「そのはずだよ。見たことないし」他の人と記憶がごっちゃになってるんじゃないの、と母は緑茶の入った湯飲みを口に運びながら言う。「人の物忘れはすぐ、老化だ、ってぎゃーぎゃー言うくせに、あんたもけっこう間違ってること多いよね」

私の記憶違いはともあれ、母の話によれば、長年連れ添ってきた夫を亡くして以降、長久保さんは内向的になってしまったらしく、最近は隣人同士のつき合いも希薄になりつつあるという。

「もしかしてゆらちゃんってのも、子供ができたらつけようと思ってた名前だったりして」そんなことを言う母に、

「それは勘繰りすぎじゃないかな」と私は呆《あき》れる。

それから二十日ほどして、また実家に向かうと、隣家の門の下の隙間をくぐって、子猫が姿を現した。家の庭の砂利《じゃり》よりも、日を浴びたアスファルトのほうが温かいのか、うーん、とやせた体で伸びをして、私の目の前でうつぶせになる。日光を浴びて、茶色い毛並みは、猫というよりも狐《きつね》色になっていた。首輪だけが黒い。

猫は、ぶち一つない茶一色の顔でこちらを一瞥《いちべつ》してから、興味なさそうにあくびをして、目を小筆でさっと書いた線のように細めた。にゃー、と呼びかけてみるがまるで気にするそぶりがない。聞こえなかったかと先ほどより大きな声で呼びかけるが、やはり反応がない。もう一度、と思ったところで、馬鹿馬鹿しくなってやめた。

帰り際、母のいわしせんべいを一枚くすねる。もし先ほどの猫がいたら与えようと思ったのだが、会えなかったので、道中、自分で食べた。ばりぼり。

その二週間後、実家の庭で落ち葉を掃《は》いていると、隣家を隔てる塀の向こう、家の縁側をとことこと歩く猫を見た。ほっそりとしたその姿は、まるで手にとればすぐさま消えてしまう初雪のようだ。見覚えのある黒い首輪が、真っ白な体と対照的でよく映えていた。

猫はじっとこちらを見ている。そのエメラルド色の視線に射すくめられているうちに、ぼーっとしていたようで、ふと我に返った時にはせっかく集めた落ち葉がそこかしこに散らばっていた。隣の家の中から「ゆらちゃん」と長久保さんの声が聞こえたかと思うと、白猫は、すぐに室内へと姿を消した。

翌週、家に向かう途中の道路で、長久保さんを見かけた。正確には前方を歩く白髪《しらが》頭にコートを着た小柄な女性が、隣の家に入っていったから、長久保さんだとわかったのだ。

ちょうど私が隣家の前を通る時が、彼女がドアを開けたタイミングだったため、たまたま、彼女のやせた体越しに、家の奥から玄関へと走ってくる子猫が見えた。「あらあらゆらちゃん、待っててくれたの？」ドアが閉まったあとも、私の目には、長久保さんの足にすり寄る、小さな三毛猫の姿が焼きついていた。

「長久保さんって、猫何匹飼ってるの？」

それから数日後、両親が乗る車のタイヤを冬用のものに交換したあと、母に訊《たず》ねた。来る途中、駅ビルで買ってきたお土産《みやげ》のクレームブリュレを食べながら、数年前に亡くなった俳優が主演を務めるサスペンスドラマの再放送を見ていた母は、

「一匹だけでしょ。多頭飼いは自分には無理、って前に言ってたし」

と答えた。私は少し間を置いてから、「ふうん」と応じる。「どんな猫？」

「見たことないの？　ピアノの上で踊ってそうな、ちっちゃい黒猫だよ」

「黒？」

「そ。体と同じ色の、黒い首輪つけててね」

「母さんがその猫を見たのって、いつ頃？」

「二ヶ月くらい前だよ。その次の日くらいに骨折したんだし」と母。「だから今はもっと大きくなってるだろうね。動物の成長ってあっという間だし」

私が黙り込むと、母は興味を失ったように、テレビに注意を戻した。アルミの容器を綺麗《きれい》にしていたスプーンで画面を指さして、誰ともなく言う。

「この役者、生きてた頃より今のほうがテレビでよく見るわよね。そう思わない？」

綱渡りにも程があるアリバイトリックに対する母の指摘をひとしきり聞かされたあと、諸々《もろもろ》の家事を済ませ家を出たところで、隣家の庭にいた長久保さんと鉢合わせした。

「あら、こんにちは」

「あ、ご無沙汰してます」「お母さん、大変だったわね」「おかげさまで、だいぶよくなりました。口なんかもう絶好調で」そんなやりとりを交わしながらも、私は彼女から目が離せない。正確には、彼女が抱えた子猫から。

神秘的な顔立ちをした、青灰色のロシアンブルー。黒い首輪が、折れそうなほど華《きゃ》奢《しゃ》な体をよりいっそうシャープに見せている。「ほら、ゆらちゃんも挨拶して」長久保さんが促すが、子猫はどこ吹く風である。「ごめんなさいね。照れ屋さんなの」猫と私のどちらに向けたのかわからない苦笑いを浮かべる長久保さんに、私は「あ、あの」と思わず呼びかけている。

持病やら遺伝的要因で、生まれつき天寿を短く定められた猫がいる。そんなのは猫に限らずあまねくすべての生き物においてそうだが、そうした猫たちがいることさえ、浅はかな私は考えたことがなかった。同時に、そういう猫がどんな一生を送るのかも。長久保さんはそんな猫たちを引きとっては、一緒に暮らしているという。そうした活動をしている団体は、全国各地にあるとも聞いた。「いっぺんに何匹も面倒は見られないから、一匹ずつね」

猫たちを同じ名前で呼ぶ理由を訊ねると、「個別に名前をつけると、情が湧きすぎて、いなくなった時に気持ちがパンクしちゃうから」と返ってきた。

好きであればあるほど喪失感も大きくなる、だからこそあらかじめ一線を引いておく、その心情は理解できた。それにしては呼称が特徴的な気がするが、その由来までは訊ねなかった。以前母が勘繰っていたことが当たっているのかもしれないし、そうじゃないかもしれない。

いずれにしても、猫カフェででっぷり太った猫の、もふもふのおなかに顔をうずめては癒やされていたこれまでの自分の屈託のなさが、今となっては少し恨めしい。

長久保さんから話を聞いた数日後、実家の扉の前で、鍵を忘れたことに気づいた。今日はひときわ寒いから、いつもとは違う厚手のコートを着てきたのだ。玄関のチャイムを、ぴん、ぽーん、と鳴らすが、まるで反応がない。

スマートフォンを見ると、「友達とランチに行くから今日は来なくていいよ」と、母から、腹立たしいスタンプとともにメッセージが届いていた。出歩けるほど回復したのを喜ぶべきなのかもしれないが、徒労感は否めない。手袋をしてこなかったのは迂闊《うかつ》だったと思いながら、はあ、と手に息を吐いた。

寒さのせいか妙に寂しい気持ちになった。今日はこのまま帰るかと思い、玄関のすぐ横の、私が子供の頃から生えている常緑樹の横を通り過ぎる。雪に濡《ぬ》れたその葉の匂いを吸い込んだ時、不意に、昔の記憶が蘇《よみがえ》った。

今と同じ雪の日、鍵を持ち忘れたまま外出し、折悪《おりあ》しく母も不在で、家に入れないことがあった。たしか小学校の低学年だったろう。子供が一人で時間を潰せるような施設も周囲にはなく、寒空の下、母の帰りを、この常緑樹の傍《かたわ》らにしゃがんで待っていると、ちょうど通りかかった長久保さんが、こちらに気づいて声をかけてくれた。

寒さで歯を鳴らす私から事情を聞き出した長久保さんは、私の手を引いて、自宅まで連れてくると、上がり框《がまち》に私を座らせ、そこで少し待つように言って、家の奥へと入っていった。

待っている間、なんとなく周囲に目を向けると、玄関のすぐ横の部屋の棚に並んだ写真立てが見えた。どの写真も、写っているのは、保育園に入る前くらいの幼い女の子だ。長久保さん夫妻と、その女の子が三人で写っているものもあった。そこに写る長久保さん夫妻が、当時よりずっと若かったから、我々がここに越してくる前の写真だと推し量った。

少しして戻ってきた長久保さんは、手に大ぶりなマグカップを持っていた。私に飲むように言って差し出したその中身は湯気の立つホットココア。今にして思えば、牛乳も入っていない、ココアパウダーをお湯に溶かしただけの簡素なものだったが、かじかんだ両手に伝わるマグカップの熱と、口の中に広がるココアの甘さと熱に、心がほどけていくような気がした。

今から三十年近くも前のことを、どうして今さらになって思い出したのだろう。不思議に思いながら、雪空の下、かじかんだ手をポケットにしまい、駅に向かう。隣家の庭に、黒い首輪をつけた猫の姿は見えない。この天気だ、家の中にいるのだろう、きっとあのココアのようなぬくもりに包まれて。そしてそのぬくもりは冷めることなく、ゆらと名づけられた猫と共にあり続けるだろうと思った。今までもこれからも。眠りについたあとに見る夢の中までも、ずっと。

黒猫、鳴く　森川楓子

「このたびも、またまた、ありがとうございました、先生。おかげで助かりました」

あらたまって礼を言うと、尾沢《おざわ》は柔和な笑顔で首を振った。

「ぼくは、大したことはしていません。簡単な事件でした」

「いやいや、先生のお助けがなきゃ、こんなに早く解決しなかったですよ」

手土産《てみやげ》の羊羹《ようかん》を差し出すと、尾沢は嬉《うれ》しそうに受け取り、俺に座布団を勧めた。

先生と、ふざけて呼んじゃいるが、尾沢の身分は学生だ。どこぞの大学で、薬学を学んでいるそうだ。

薬物、特に毒に詳しくて、しかも、めっぽう鋭い観察眼の持ち主でもある。民間人でありながら、これまでにちょこちょこと、難事件の解決に力を貸してくれている。

俺から見りゃ息子みたいな歳《とし》の若者だが、頼りになる大先生なのだ。

「それで、例の老人はなんと？　罪を認めましたか？」

尾沢は、羊羹の包みを開けながらそう尋ねた。

「いやあ、『俺はやってねぇ』の一点張りでね。頑固なジジイでさ」

「だが、動かぬ証拠があります。しらを切っていられるのも、今のうちだけですよ」

「あとは、猫さえ見つかりゃ、完璧なんですがね」

ことのあらましは、こんな具合だ。

オンボロアパートの、家主のばあさんが殺された。現場は、アパートのとなりにあるばあさんの自宅、二階の四畳半だ。

寝入っているところを襲われたらしく、ばあさんは布団の上で仰向《あおむ》けになって死んでいた。首から胸にかけて、鋭い刃で切られたような傷があり、傷口から猛毒が検出された。その他、腕や顔にも、無数の引っかき傷がつけられていた。

室内には物色された跡はなく、動機は怨恨と思われた。だが、ばあさんは籠《こも》りがちな暮らしぶりで、ほとんど人付き合いがなかったから、恨みを買う相手など限られている。まず疑われたのが、アパートの住人の八木《やぎ》ってじいさんだった。

八木は偏屈な老人で、これまでにさんざん揉《も》め事を起こしてきた。道ばたで遊んでるガキをいきなり怒鳴りつけたり、晴れ着の女にツバを吐きかけたり。町内じゃ有名な、嫌われ者ってわけだ。

八木はアパートの家賃をずっと溜《た》めこんでいて、家主のばあさんとは、ことに険悪だった。ほんの数日前にも、出て行けだの訴えてやるだの死ねクソババァだの、ご近所じゅうに響き渡る怒鳴り合いがあったばかりだ。

てなわけで、八木が真っ先に疑われたんだが、ヤツには鉄壁のアリバイがあった。

検死の見立てによれば、ばあさんが死んだのは当夜十一時から、日付変わって一時の間。その時刻、八木は安居酒屋で酔いつぶれていたことがわかったのだ。

ヤツはこの店の常連で、毎晩飲んだくれてるから、店員も客たちも、ヤツのだらしない飲みっぷりをよく知っている。見間違えるわけもなく、確かだ。

こうなると、お手上げだった。八木の他に、ばあさんと接点のある者なんていない。

そこで俺は、毒物がらみの事件ならこの人と、尾沢に助けを請うことにしたのだ。

尾沢は、いつものようにこころよく引き受けてくれ、現場に足を運ぶと、たちまち、俺らボンクラ警官が見落としていた証拠品を見つけ出した。

黒猫の毛だ。部屋のすみに、数本落ちてた。

尾沢はじっと考えこみ、俺に尋ねた。

「その八木という老人は、猫を飼っていませんか？」

突然の質問に、俺は面食らってこう答えた。

「飼っちゃいないが、野良猫を可愛《かわい》がってましたよ。人間は嫌いなくせに、猫が大好きって変わり者なんで」

「――なるほど。事件は、解決しました」

尾沢はキラリとメガネを光らせて、そう言い放った。

「え⁉　解決⁉　ってことは、犯人は……⁉」

「もちろん、八木です。そして、凶器は黒猫。黒猫の爪です！」

「驚きましたぜ。まさか、猫の爪に毒を塗って、ばあさんを殺させるなんて」

「家主の顔を覚えさせ、襲いかかるよう仕込んだのでしょうね。そして、猫が凶行に及んでいる間に、自分は居酒屋に姿を見せ、アリバイを作ったのです」

尾沢の推理に従って八木の部屋を調べたところ、ゴミの山の中から、毒物の入った小瓶と、毒物についての解説書が数冊見つかった。動かぬ証拠だ。

「あとは、肝心の猫さえ見つかりゃあね。爪に毒が残っていれば、もう、言い逃れはできませんぜ」

八木が可愛がってた野良の黒猫は、今のところ、行方《ゆくえ》がわからない。警官が総出で捜し回ってるが、手がかりなし。

尾沢は、にっこり笑って言った。

「早々に見つかるでしょう。野良猫が好みそうな路地裏とか、ゴミ捨て場とかで」

「そう願いたいもんです。しかし……いまだに、信じられませんな」

俺は、頭をかいた。

「あのじいさんが、毒薬を使ったり、アリバイをこさえたりするなんて。そういうのは、もうちっと、頭のいい犯罪者の考えることじゃねえですか」

「人は、見かけによらぬものです。案外、学のある人物なのでしょう」

「それに、もう一つ、腑《ふ》に落ちないことがあるんですよ」

「なんです？」

「八木はね、猫を可愛がってたんです。人間よりも、ずっとずっと、猫のほうが好きなんですよ」

俺自身、何度も見かけたことがあった。人間のガキのことは、鬼の形相で追い回すあのじいさんが、デレデレした笑顔で野良猫に話しかけてるところを。

「はい……それが、何か？」

「そんな可愛い猫を、人殺しの道具にしますかねえ？」

すると尾沢は、「はて？」という顔を俺に向けた。心底、何もわかってない顔だ。

あ、まただ。と、俺は思った。

この先生、頭が良いことは確かなんだが、どうにも話の通じねえことが、たびたびある。人の情というか、ぬくもりみたいなものが、さっぱりわからないらしいのだ。いとおしい猫を、血まみれの殺しの道具になんか、したくねえ。そう思うのは、あたりまえの情だと思うんだが、尾沢にはそれがわからない。

「人殺しの道具にするために、猫を手なずけたんですよ。何か、矛盾でも？」

キョトンと問われて、俺は言葉に詰まった。

「いや、だから……その……ねえ……」

うまく言えなくて、俺は話をそらした。

「猫を人殺しに使うなんて、聞いたことがなくって。前例は、あるんですかね？」

「さあ、それは知りません。蛇やオランウータンが犯人という小説なら、読んだことがありますが」

「へえ……そんな小説がねえ……あ、犯人じゃないけど、猫のおかげで犯行がバレるって話なら、知ってますよ。なんだっけ、外国の作家が書いた話で」

俺は、以前に読んだ小説を思い出していた。

「ある男が、女房を殺すんです。で、その死体を壁に塗りこめちまうんです。外国の作家ってのは、気味の悪いことを考えますな」

すると尾沢は、ナイフで羊羹を切り分けながら言った。

「ポーの『黒猫』ですね」

「そんな名前だったかな。ところが、女房の死体といっしょに、うっかり、猫を塗りこめちまうんですよね。で、壁の中から、その猫の声が」

にゃあ。

突然、そんな声が響いたので、俺は飛び上がりそうになった。

「え⁉ 猫の声⁉ び、びっくりしたぁ……なんて、間の良いことで……」

いったい、どこから？ 窓の外か？ きょろきょろする間にも、猫の声は続いた。

にゃあ、にゃあ、にゃああああ！

押し入れだ。押し入れの中から、猫の声がしている。

「押し入れに、猫……？」

俺は思わず腰を浮かせて、そちらに手を伸ばした。

と。

尾沢が立ち上がった。いつもの柔和な笑顔とは別人みたいに、目を血走らせて。

「うわぁぁぁぁぁぁぁ！　わぁぁ、わぁぁぁぁぁ！」

わめきながら、手にしたナイフをめちゃくちゃに振り回し、襲いかかってくる。

「何しやがる！　よさねえか！」

造作もない。ナイフをはたき落とすと、尾沢はヘナヘナとその場で泣きくずれた。


「……って、つまり、犯人はその学生さんだったんですか？　どうして？」

熱い茶をすすりながら、事の顚末《てんまつ》を聞かせると、女房は目を丸くした。

「どうしても、こうしても。あの野郎、とんだ食わせ者だったのさ。これまで事件を解決したように見せて、実は全部、自分で仕組んでたんだ」

「どういうことです？」

「だからさ、自分で事件を起こして、そいつを解くのさ。何もかも自分の仕掛けだから、たちどころに解決できる。そんなやり方で、名探偵を気取ってたってことさ」

まったく、忌々《いまいま》しい。あんな詐欺師を、先生と呼び奉ってたとは。ヤツのインチキを、ひょんなことで、ばあさんが嗅ぎつけた。ゆすられて、窮地に陥った尾沢は、ばあさんを消すことにしたのだ。嫌われ者の八木を犠牲にして。

「毒を塗った鉤爪《かぎつめ》でばあさんを殺し、現場に猫の毛をばらまく。八木の部屋に忍びこみ、毒物だの解説書だのを置いておく。そして、つかまえておいた猫の爪に毒を塗りこんで放す……って計画だったんだが、猫はおとなしくしていねえ。そこで、ひとまず、薬で眠らせたのさ」

あとは猫をどこかに捨てて、ボンクラ警官どもに発見させるだけだが、睡眠剤が残っていてはまずい。そこで、薬が抜けるまで、猫を押し入れに隠しておいたのだ。

「だが、ヤツが思ったより早く、猫が目覚めて鳴き出しちまったんだよ」

「つまり、黒猫ちゃんが八木さんを救ったってこと？　まあ、なんて、いい子！」

女房は、クフフフと笑った。そういや、こいつも、猫好きだった。

たそがれ時の町に、キャッキャキャッと子どもの笑い声がした。

と、すかさず。

「うるせぇんだよぉぉぉ！　ぶっ殺すぞ、このクソガキがぁぁぁ！」

……八木は、今日も、ご町内の嫌われ者だ。

十字架　岩木一麻

私がクロスと出会ったのは、小学四年生の春だった。夕暮れ時、学校帰りの十字路で震えていた子猫が、か細い声で私を呼び止めた。思い返せば、天体があらかじめ定められた軌道に沿って導かれるような出会いだった。

子猫は白鳥のように輝く純白の毛に包まれ、額には十字架に似た形の不思議な模様があった。それはまるで、天上の国からそっと下ろされたしるしのように感じられた。

当時の私は二つの理由で沈んだ気分を抱えていた。ひとつは、自分が病気がちだったこと。もうひとつは、父の失踪だった。父が姿を消したのは私が幼稚園を卒園する直前だった。母は手を尽くして捜したが、闇に溶け込んでしまったように父の消息は途絶えていた。私は不安定な精神状態も相まって、幾度となく重い風邪《かぜ》をこじらせ、入退院を繰り返す時期もあった。

その度に母は青ざめた顔でベッドサイドに座っていた。小学校に入ってからも、病気で欠席することが多かった。母は高熱の時には仕事を休んでくれたが、微熱の場合は心配しながら仕事に出かけて行った。

私は一人っ子だったこともあり、兄弟のような存在を求めていた。学校を休んだ時も猫と一緒なら寂しくないだろうな、と額に十字を持つ子猫を見つめながら思った。

子猫を連れて家に帰ると、母は最初こそ難色を示したものの、兄弟が欲しいと繰り返し訴えたら、最後は受け入れてくれた。

子猫が雄だったこともあり、額の十字架にちなんでクロスと名付けたが、呼ぶ際には、『クロちゃん』と省略してしまうことも多かった。遊びに来た友人たちは、白猫をクロちゃんと呼ぶと不思議そうな顔をしたが、由来を教えると笑いながら納得してくれた。

クロスは私に安らぎをくれた。陽《ひ》の光が部屋に差し込む午後、彼は静かに横たわり、時折まぶたを震わせた。夢の中でもなにかを追っているのだろうか。微《かす》かな寝息が、世界の輪郭をやわらかくぼかした。

クロスを迎えてから、私は体調を崩すことがほとんどなくなった。母は寂しさが私の健康を蝕《むしば》んでいたのだと考えて私に謝り、回復を心から喜んだ。

私の人生はいわゆる「平凡」へとまっすぐ進んでいった。中学、高校、大学。私は大きな病気もトラブルもなく日々を過ごした。

大学を卒業してから三年が経《た》ち、私は今年で二十五歳になった。「普通のサラリーマン」として、平均的な給与をもらいながら、平穏な日々を過ごしている。朝は出勤時間に合わせてまどろみの中から起き出し、会社で定型業務につき、夕方には疲れを抱えた体を電車の座席にうずめる。週末になれば洗濯や部屋の掃除をするくらいで、ほとんど何もしないまま時間が過ぎていく。

クロスも今ではずいぶん年老いてしまった。猫は人間よりもはるかに短い時間を生きるとわかってはいたが、こうして老いが目に見えてくると、そう遠くない未来に訪れる別れを意識するようになる。毛並みは輝くような白から艶のないものへと変わったし、かつては凛々《りり》しかった眼差《まなざ》しも、どこかぼんやりしている。気づかぬうちに、時はクロスの体から輝きを奪っていた。若い日の鮮烈な白さが、記憶の中で淡い影のように揺れる。

額の十字の模様も、少しずつ輪郭がぼやけてきた。食欲は変わらずあるものの、以前のような活発さはなくなった。ソファの上で寝ている時間がほとんどだし、時々起き上がっても、すぐにまた横になってしまう。

ある日、私に突然声をかけてきた男がいた。背筋の伸びた老紳士で、細身の体にフィットしたスーツを着て、撫《な》でつけた髪が銀色に光っていた。顔には老いではなく、威厳を感じさせる深い皺《しわ》が刻まれていた。彼は、私の勤め先のエントランスで退勤後に声をかけてきた。

「お時間よろしいでしょうか」と老紳士は落ち着いた声で尋ねた。私は彼が突然話しかけてきたことに少なからず警戒心を抱いたが、その雰囲気に呑《の》まれて思わず足を止めてしまった。彼には明示的で質量すら感じさせる威厳があった。天秤《てんびん》が最初から彼の側に大きく傾いているような、圧倒的な存在感だった。

「あなたは白い猫を飼っていらっしゃいますね。額に十字架の模様がある猫です」

私は眉をひそめた。どうして初対面の老人がクロスの存在を知っているのだろう。

「驚かせてしまってすみません。ただ、私はその猫をどうしても譲っていただきたいと考えてこうして出向いてきたのです。充分なお礼を用意しています」

老紳士は慇懃《いんぎん》な態度を崩さず、私に向かって名刺を差し出した。箔押《はくお》しされた文字が抑制的な輝きを放ち、財団理事長の肩書が記されていた。

「どうしてクロスを、いや、私の猫を？」

クロスは長年一緒に過ごしてきた家族だ。金銭が絡んだ取引など考えたこともないし、その余地すらない。私ははっきりとそう告げた。

老紳士は軽くまぶたを伏せ、言葉を選ぶように語り始めた。

「あなたの飼っている猫には、不思議な力があります。単なるオカルトと笑われるかもしれませんが、『幸運をもたらす猫』の言い伝えは世界各地に伝えられています。私は長い時間をかけて、そういう特殊な力を持つ猫を探しておりましてね。資金と労力をかけて、やっと見つけることができたのです」

私は苦笑した。「どうやら人違いならぬ、猫違いのようですね。うちの子にそんな能力があるなら、どうして私の人生はこれほど平凡なんでしょう」

老紳士はすこし首を傾《かし》げたあとで、「力の現れ方は人それぞれということなのでしょうか」と含みのある笑みを浮かべた。

私は申し出を断ったが、その日を境に、仕事終わりに待ち構えている老紳士とたびたび会うことになった。老紳士はしつこいというほどではないが、諦める様子もなかった。親しい獣医のところでいちどクロスの診察をしたいという彼の申し出に、私は応じることにした。クロスの健康状態は少しずつ悪化していた。

検査値は危機的な状態を示していた。猫ではよくみられる、加齢による腎機能低下が著しく、このままでは一年もたないかもしれないとのことだった。

獣医の説明を聞き、肩を落とした私に老紳士は告げた。

「実はいま腎機能を回復させる新薬が開発されています。安全性に問題はなく、治療成績は極めて良好です。まだ一般では手に入らず、また大変に高価な薬ですが、私は伝手《つて》があって薬を手に入れることができます。どうでしょう。やはりクロスを譲っていただき、私の方で治療させていただけないでしょうか」

彼の言葉を引き継いだ獣医の説明では、新薬を使えば五年以上の寿命延長が見込めるということだった。老紳士の申し出はありがたいものだった。それでも家族同然の存在を他人に渡すことに、私は否定的だった。

老紳士はさらに続けた。「お譲りいただけるのであれば、正規の手順を踏んで契約書も用意します。クロスの様子も、定期的に動画や診断書でお知らせします」

私の心は揺らいだ。クロスを失うのは恐ろしかった。だが、このまま自分のところにいたら、十分な医療を受けさせられない。

数日間悩んだ末に、私はクロスを譲ることを決めた。正式書類にサインをした直後に、私の年収の数倍に上る額が銀行口座に振り込まれた。クロスは老紳士によって新しい飼育環境へと運ばれ、私の元には空のケージだけが残った。

心に生じた虚無をクロスが長生きするためには仕方なかったのだ、という言い訳で埋めようとしたが、言葉は虚《うつ》ろに吸い込まれていくだけだった。クロスと別れたその日、私は一睡もできずに朝を迎えた。

翌日から、私の身に不幸の連鎖が始まった。

会社で突如として大規模なリストラが発表され、私の名前がそのリストに載っていた。業績不振を理由に、所属部署ごとバッサリと切り捨てられたのだ。再就職のあてもなく、人生に黒い霧が立ち込めた。追い打ちをかけるように、帰宅途中に自転車で転倒し、右足を骨折してしまった。歩み寄ってくる、極めて現実的で濃厚な病の気配もはっきりと感じ取れた。その気配を私は知っていた。幼少期に常に私を包んでいたものだった。当時は日常的すぎて認識できなかったのだ。

ようやく足のギプスが外れ、リハビリをこなしながら再就職活動を始めた頃、あの老紳士がテレビに出ているのを目にした。購入したアフリカの土地で、有望なレアメタル鉱床が見つかったという話だった。

私はそれで気付いた。もしかして、クロスには本当に幸運をもたらす力があるのではないか。私が生まれつき背負っている『不幸の十字架』を、クロスの幸運の力が打ち消していたのだ。クロスはその力で、私を守り続けてくれていた。

父が失踪したのも、病気がちだったのも、私自身が生まれつき不幸を背負っているからだと考えれば納得がいく。クロスと離れた途端、不幸が一気に押し寄せたのだろう。ダムの水門が開かれて、濁流が噴きだすように。

急いでクロスを取り戻さなければと私は考えたが、方法を模索するうちに肩を落とすしかなかった。たとえ私が何を考えたとしても、資金力も社会的地位も桁違いな上に、『幸運をもたらす猫』を手にした老紳士に、私が敵《かな》うはずがない。そして、奪還は身勝手で無意味な望みでもあった。老紳士の元でなければクロスは長生きできず、その加護はあの子の死と共に消失してしまう。

老紳士が送ってきた動画の中のクロスは、健康と活気を取り戻し、豪邸の中でのびのびと生活していた。元々、誰に対しても愛想の良い猫だった。クロスが幸福であることに、疑いの余地はない。

私は数日の間、苦悩した。何度も自問自答を繰り返し、クロスと共に過ごしてきた日々を思い返すたびに胸が締めつけられた。私にできることは本当に何もないのだろうか。そう考えながらも、答えの見つからないまま時が過ぎていく。そして、疲弊しきったある夜に、私はふと気付いた。

あのときクロスを拾っていなければ、もっと早い段階で不幸の谷底に突き落とされていた。幼少期の私の心身は、繰り返される災厄に耐えられなかったに違いない。

クロスがいてくれたおかげで、私は無事に成長することができた。共に過ごした日々は、私にとってかけがえのない「猶予期間」だった。

これからは、自分の力で運命を切り開いていこう。

今の私にはその力が備わっている。幼少期に罹《かか》りがちだった病気は、成長した私の免疫力と体力で凌《しの》げるはずだ。危険を回避するための知恵も身につけたし、注意深く災いの到来に備えることだってできる。

新たな決意を固め、ベランダの引き戸を開けた。

天頂付近に、ノーザンクロスの別名を持つ白鳥座が輝いている。柔らかな夜風が過去の痛みと未来への決意を包み込み、新たな誓いを刻む時を告げた。離れ離れになっても、クロスとの日々は心の奥で生き続けている。

私は満天の星を見上げ、指先でそっと額に十字を切った。

猫と遊戯《ゲーム》と

高野結史

ボフン――ボフン――。

俺はプールサイドに腰掛け、手に持った筒の蓋を抜いたり、はめたりしている。完全に手持ち無沙汰だ。誰もいない、水も張られていない、季節外れの屋外プール。フェンスの向こうから下校する生徒たちの声が聞こえる。

しばらくすると、俺のボフンボフンを聞きつけたかのごとく、あいつが姿を現した。プールサイドをちょこちょこと歩き、こちらに向かってくる。

いつものようにニャアでなく、ビャアと鳴いて、その猫は俺の膝に乗っかってきた。

「もう会えないかと思ったぞ」

俺は猫の背中を撫《な》でた。久しぶりの再会なのに、猫に感慨はないらしい。ムスッとした顔で寛《くつろ》いでいる。その態度にも全く腹を立てない俺。大人になったものだ。

猫と戯《たわむ》れるために学校の昼休みはプールで過ごしてきた。とはいえ、猫が来る確率は五割にも満たない。家がペットＮＧだから懲りずに通い続けてきたけど、最近はとんと会えていなかった。そんな薄情な猫を学ランが毛だらけになるのも構わず、抱く。

背後で人間の足音がした。

来たか――。俺はあえて反応せず、猫を撫で続ける。

足音の主は俺のすぐ隣に来ると、プールサイドを軽く手で払い、無言で腰掛けた。

ビャア。

猫は一鳴きして、当然とばかりに俺の膝から隣の女子——桜庭《さくらば》の膝に移った。

この猫スポットを先に見つけたのは俺だ。どうやって桜庭が嗅ぎつけたのかは知らないけど、後から来たくせに、すっかり猫のご贔屓《ひいき》になっている。

俺は例によって鞄《かばん》からトランプを取り出した。こっちも無言だ。シャッフルし、二人の中間点に置く。お互い視線は合わせない。桜庭は猫を撫でてからトランプの前に寝かせた。猫の方も俺達の暗黙の取り決めを理解しているらしく、その場で丸くなる。

俺はトランプの山に手を伸ばして最上面の一枚をめくった。「ハートの9」だった。開示して山の脇に並べる。

桜庭は無表情のまま猫の首をくすぐった。猫がゴロゴロと喉を鳴らす。顔も声も不細工だけど、幸せな心地にしてくれる。

桜庭は手にしたカードを眺めてから俺のカードの横に置いた。「スペードのJ」。

「くそっ！　またかよ！」

思わず大声を出してしまい、後悔する。猫は気まぐれだ。驚かせると帰ってしまう。

桜庭はさっさとカードを山に戻すと、猫を撫でた。猫がビャアと応じる。俺は鳴いている時の猫が好きだ。顔の動かし方がたまらない。桜庭は猫を抱いて膝に乗せた。

猫を賭けた真剣勝負。もはや戦績は数えていないけど、八割方は桜庭が勝っていると思う。つまり、それだけ俺は猫を抱く時間を奪われているということだ。

愛おしそうに猫を撫でている桜庭の姿が視界に入る。

こいつが、こんな表情をするなんてクラスの連中は知らないだろう。クラスでの桜庭は少し浮いた存在だ。いじめられているわけではないけれど、男子からも女子からも距離を置かれている。完璧主義、冷淡、孤高、非協調。桜庭のイメージはそんなところだ。でも、猫を抱いている時だけは普段と違う桜庭が垣間見《かいまみ》える。まあ、だからどうだということもないのだけれど。それより何より俺にとっての桜庭は猫を奪うお邪魔キャラ。しかも不公平なほど引きが強い。

俺が横目で桜庭と猫を見ていると、ちらりと桜庭も見返してきた。そして、勝ち誇ったようにニヤリと口角を上げやがった。

相変わらず腹の立つ奴《やつ》だ……。

桜庭とは三年生で初めて同じクラスになった。友達がいなそうだとはすぐ気づいた。初めて話したのは休み時間にトランプに誘ってやった時。たしか「大富豪」をやるのに人数が少し足りなかったんだ。桜庭は戸惑っていたけど、すぐに本性を現した。圧倒的な強さで勝ち続け、参加者の「それは勘弁して」を完全無視。楽しむのではなく、勝つことだけに固執する態度は反感を集め、参加者から文句が噴出した。

以来、桜庭と話すことはなく、また成績トップの桜庭とビリから数えた方が早い俺とでは住む世界が違うこともあり、関わる機会はなかった。猫と遭遇するまでは――。

夏の四時間目、プールの授業後、着替えに手間取って一人残っていた俺は、猫の鳴き声を聞いた。プールサイドに出ると、偉そうに闊歩《かっぽ》している猫を目撃した。次のプールの授業後も猫を見かけ、ここが散歩コースだと知った。俺は昼休みのトランプをやめて、プール通いに切り替えた。猫が来る頻度はまちまちだったけど、会えた時は幸せな時間を堪能できた。

ところが、楽園の平和は長続きしなかった。水泳のシーズンが終わる頃、少し遅くプールに行くと、猫と先客がいた。桜庭だ。

力ずくで奪うわけにもいかない。初めはどちらが抱っこするかジャンケンで決めていた。でも、中学生にもなってジャンケンは恥ずかしい。そこで俺はいつも持っているトランプで勝負することにした。ただ、別にトランプで遊びたいわけじゃない。だから勝負はシンプルに。シャッフルした山から強いカードを引いた方が勝ち。猫をしばらく抱っこできる。

「もういいだろ」

俺は再びトランプをシャッフルして、プールサイドに置いた。一番上のカードをめくる。今度は「ダイヤのQ」。

勝った！　確信するあまり、にんまりしてしまう。

いくら桜庭が高確率で絵札を引き当てるとはいえ、今度こそ俺の勝ちだ。

なのに、敵は俺のQに動じることなく、猫をトランプの前に置いた。それから願をかけるように猫の顎を撫でる。猫がビャアとエールを贈る。なんだか癪《しゃく》だ。

勝負はいつまで続くか分からない。三回勝負になることもあれば、猫がすぐに去ってしまうと一回で終わりになる。

今日はもう少し居てくれよ……。俺は猫をじっと見つめて祈った。

桜庭は手中のカードを眺めてから、そっと置いた。

「スペードのK」だった。

まさか！　俺は咄嗟《とっさ》に猫を見た。もう、いつ帰ってもおかしくない。

焦っている俺をよそに桜庭は再び猫を抱いた。どこか緊張しているように見える。

桜庭も猫が帰ってしまわないか気にしているのだろうか。

それにしても——いつもこうだ。連敗続きに嫌気が差す。

イカサマをしてでも勝とうかと考えたこともある。トランプを用意するのは俺。シャッフルするのも俺。ルールだって一番上のカードを引くだけ。イカサマを仕込めて圧倒的に有利なのは俺だ。でも、イカサマなんてしたくないし、方法も思いつかない。

それに絶対勝てないわけじゃない。特にトランプを新調した時なんかは勝率が高い。

俺は手品の類《たぐい》には疎いけど、トランプ集めが趣味だ。小学校の頃、ポケモンカードを集めていた延長で毎月色んなデザインのトランプを買っている。「新しいトランプは運を引き寄せる」と、どこかで聞いた。今のところ、それは本当だ。トランプを新調したばかりの頃は桜庭とも対等に勝負できる。逆に桜庭はきっと新しいトランプを出されるのが嫌なはずだ。勝負に負けても猫が帰るまで繰り返し挑戦する俺と違って、桜庭は一度でも負けると不貞腐《ふてくさ》れて教室に戻る。悔しさを抑えられないらしい。負けず嫌いも行き過ぎると大変だなと思う。まあ、俺が「勝った、勝った」と煽《あお》るからかもしれないけど。

ただ、そうそうラッキーは続かず、日に日に勝てなくなる。桜庭が麻雀《マージャン》でいうガン牌《パイ》のようなことをしているのかとも疑った。結論としては無理。俺も桜庭も一番上のカードを取っているだけで選んでいるわけじゃない。結局、運の問題で、意地になってトランプで勝負してきたのが失敗だったんだ。

ジャンケンにしておけば良かった——。

今さらながら俺は小さく溜息《ためいき》をつき、めくられた二枚のカードを山に戻そうとした。

「あれ？」

違和感がよぎり、手を止める。

おかしい……何回も繰り返してきたことなのに、どこか初めてのような……。

でも、それ以上は、いくら考えても思い当たらなかった。改めてカードを拾おうとすると、すっと桜庭の指が伸びてきてカードを押さえた。

「……なんだよ？」

早く次の勝負をしたい俺は苛立《いらだ》った。

桜庭は俺に目もくれず、カードを拾い上げ、自分の制服のポケットに入れた。

「はあ？　返せよ！」

俺が口を尖《とが》らせると、桜庭はポケットから手を出した。その手には三枚のカードが握られていた。どれも俺のトランプで、三枚とも絵札だった。

「……いつの間に盗《と》ってたん……」

言いかけて、言葉に詰まった。桜庭が持つ絵札の中に「ダイヤのQ」があった。おかしい。「ダイヤのQ」ならトランプの山の脇に置かれたままだ。

同じカードが二枚……？

不良品……？　いや、そんなはずない。このトランプは休み時間に友達と散々遊んできたものだ。考えられるのは——。

俺はトランプの山を手に取り、裏返して確認する。やっぱりそうだ。桜庭の持っている絵札。その全てと同じカードが山の中にあった。

「お前……同じトランプを用意してたのか」

桜庭は無言で猫を見つめている。

勉強ができなくても俺は賢い。そう親から言われている。だからピンときた。

桜庭は俺のトランプと同じトランプを購入し、強い絵札を持参していたんだ。で、山から一枚めくるふりをして、持参した絵札を出していた。なんて奴だ！　イカサマだ！

……でも、どうやってバレずにすりかえた？

ビャア。

鳴いた猫に俺は視線を向ける。そして、口をあんぐりさせた。

俺……隙だらけだったじゃないか……。

桜庭とは目を合わせないようにしていたし、俺はいつも猫を見ていた。そういや、桜庭はトランプをめくる時も戻す時も猫を撫でたり、ゴロゴロさせたりして俺の注意を猫に向けていた。その間にポケットから出し入れしていたのか。なんだ……アホみたいに単純なタネじゃないか。

でも……でも……。

もし、そうなら余計に分からなくなる。俺は毎月トランプを新調していたんだ。その度に桜庭は同じものを探し出して購入していたのか？　なぜだ？　いくら猫好きだからって、負けず嫌いだからって、そこまでするだろうか。手が込み過ぎている。

それに——どうして今になってタネをバラした？

腕組みして思案していると、顔の脇でモフモフの気配を感じた。桜庭が猫を抱き上げ、俺に差し出している。イカサマを反省して俺に譲るというのか。

「……いいよ。俺、さっきいっぱい抱いたから」

桜庭は猫を膝に戻した。その表情からは何を考えているのか読めない。

すると、猫がビャアと鳴いて、水の抜かれたプールに飛び降りた。振り返りもせず、向こうへ歩いて行ってしまう。その後ろ姿を俺達は黙って見送る。

大切な時間が終わってしまった。

いつも桜庭は猫がいなくなるとすぐ帰る。なのに、なかなか立ち上がらない。どうしたのかと横目で見ると、桜庭は怒ったように俯《うつむ》いていた。その目は赤くなっている。

「え……？　え……？　泣くほどのこと？　それとも俺、変なこと言った？」

桜庭は何かを言いかけて、ふっと息を吐くと、荷物を持って帰っていった。

「……変な奴。猫と別れるのが、そんなに悲しいのかよ」

俺は一人呟《つぶや》いて、寝転がった。両手を広げて空を眺める。手に筒の容器が触れたので拾い上げた。横になったまま顔の真上で蓋を抜く。ボフン——と音がした。

「あっ」

筒の中から卒業証書が滑り落ちて、おでこに当たった。

毒杯オレンジジジュースの密室

鴨崎暖炉

蜜柑山檸檬《みかんやまれもん》の死因は即効性の毒物による中毒死で、その毒物は彼女の胃と、彼女が飲み残したオレンジジュースのグラスの中から検出された。粉末状のその毒物は微量で死に至るほどに強力なもので、被害者に自殺する理由がなかったことと、死の二時間前に被害者自身が美容院に予約の電話を掛けていたことから、自殺の線は限りなく薄く、当初から毒殺事件として警察の捜査が進められた。

蜜柑山の死体が発見されたのは彼女の住む戸建てのシェアハウスの私室で、その私室は一階のリビングに設《しつら》えられた扉から入ることができる。蜜柑山はそのリビングでグラスにジュースを注ぎ、自身の部屋へと持ち込んだのだ。そしてそれを飲んで絶命したわけだが、そう考えると少しばかり奇妙な状況になってくる。何故ならそのジュースの瓶を開封したのは蜜柑山自身で、彼女はその瓶の中身を四つのグラスに均等に注ぎ、それらをシェアハウスに共に暮らすルームメイト――、彼女と同じ大学に通う三人の女子大生たちと分け合ったのだ。三人のルームメイトたちは全員そのジュースを飲み干したが、誰一人として毒物の中毒に陥ることはなかった。つまり、ジュースの瓶の中にあらかじめ毒が入っていた可能性はないということだ。となると水で溶いた毒を事前にグラスの内側に塗っておいたというパターンが考えられるが、同じくそれもありえない。先ほども述べた通りグラスにジュースを注いだのは被害者自身で、またそれらのグラスは彼女の手でルームメイトたちに配られたからだ。グラスはシェアハウスのメンバーたちが共用で使っているもので、普段はキッチンの食器棚に置かれているが、誰がどのグラスを使うといった決め事は特に存在しない。もちろん蜜柑山専用のグラスといったものも存在しないから、彼女がどのグラスを選ぶのかを事前に予想することは不可能で、仮にあらかじめグラスに毒が塗ってあったとしたら、それは蜜柑山を狙ったものではなく、殺す相手は誰でも構わなかった、ある種の無差別殺人ということになる。

でも、それは考えにくい。何故なら蜜柑山にはその認識はなかったようだけど、実はルームメイトの一人、林檎《りんご》川梨子《かわなしこ》は色恋沙汰で蜜柑山に強い恨みを抱えていて、蜜柑山と林檎川の共通の知人たちに話を聞いたところ、誰もが口を揃《そろ》えて「犯人は林檎川以外にありえない」と語っていたからだ。加えて押収した林檎川のパソコンの中身を確認したところ、履歴はもちろん消されていたものの、違法薬物の販売を行う闇サイトで件《くだん》の毒物を購入した痕跡が見つかり、いよいよ彼女の関与は決定的なものとなった。そして林檎川が犯人であるならば今回の殺人は無差別などではなく、蜜柑山を狙った計画殺人と考えるのが自然だろう。

でも、となると林檎川はどうやって蜜柑山のグラスに毒を盛ったのだろう？　蜜柑山が彼女の部屋にジュースを持ち込んでから、人が倒れるような物音を聞いた三人のルームメイトたちが部屋を訪れ、死体を発見するまでの間、誰一人として彼女の部屋に立ち入った人間はいなかった。部屋の扉があるリビングにはルームメイトたちが常に二人以上いたため、そのことは立証されている。部屋の窓も嵌《は》め殺しだから、そこから中に入ることもできない。部屋に入るための二つの経路、扉と窓のどちらもが塞がれているということだ。部屋には他に出入口はないので、これでは室内に入る方法がなくなってしまう。でも、あらかじめグラスやジュースの瓶の中に毒を仕込んでおくことができない以上、犯人は何らかの手段で部屋に入り、毒を入れたとしか考えられない。つまり犯人はある種の密室状態となった被害者の部屋に侵入し、凶行を果たしたということだ。ゆえに、これは紛れもない密室殺人ということになる。

「……」

というような事件が起きたので、その事件を担当することになった刑事の私――、刑部笙子《おさかべしょうこ》（二十八歳）は途方に暮れていた。状況はシンプルだが、なかなかに不可解だ。密室の中に持ち込まれたオレンジジュース。犯人は如何《いか》にして、その中に毒を混入させたのか？　この密室という状況が厄介で、この国では三年前にとある密室殺人事件が起き、それが『現場が密室だった』がゆえに無罪判決となったことから『現場が密室ならば無罪』という奇妙な判例が生まれたからだ。その判例により警察には密室殺人が起きた際にそのトリックを暴く義務が生じ、逆に犯罪者たちは罪から逃れようと、現場を密室にすることに腐心するようになった。いわゆる『密室黄金時代』というやつだ。その悪習により今回の事件においても、どのように密室殺人が行われたのかを解明しない限り、犯人を追いつめることはできない。

　そんな事情から私は眉根に皺《しわ》を寄せながら再度、捜査資料に目を通しているのだった。でも事件現場となった被害者の部屋に取り立てて変わったところはなく、むしろ女子大生の部屋とは思えないくらいにシンプルなものだった。家具はベッドと本棚とパソコンの載ったデスクのみ。あとはそう、彼女の飼っていた猫が一匹いたくらいだ。毛足の長い、どことなく高貴な雰囲気を纏《まと》う猫。真っ白なペルシャ猫だ。

　私は資料を眺めつつ、いちおうジュース以外の飲食物に毒が入っていた可能性も考えてみた。例えば毒は一口サイズのチョコの中に入っていて、蜜柑山はそれを食べたことで死亡したという可能性だ。密室に持ち込まれたジュースの中にはもともと毒など入っておらず、その毒は死体が発見された後――、密室状態が解除された後に、隙を見て被害者が飲み残したジュースの中に入れられた。それならば、ルームメイトの林檎川にも犯行は可能だ。私はそんな風に考えを巡らし、そうであることを期待したが、何度捜査資料を読み返しても胃から別の飲食物が見つかったという記述は発見できなかった。そしてその頃には私はすでにうんざりし、自身の手でこの事件を解決することを諦めていた。なので私は助っ人に頼ることにして、翌日、その助っ人を喫茶店へと呼び出した。蜜村漆璃《みつむらしつり》という高校三年生の黒髪の美少女で、密室の専門家でもある。私は過去にちょっとした事件を通じて蜜村と知り合い、それ以来、密室の謎に行き詰まると彼女の力を借りているのだ。

「で、今回の密室は――」

私は事件の概要を蜜村に伝える。彼女は紅茶を飲みながらそれを聞いていたが、私がすべてを話し終えると「なるほどね」と言って、黒髪を撫《な》でて私に告げた。

「密室の謎は解けました。なので今から犯人がどうやって被害者を毒殺したのかを説明します」

蜜村は頭がいいので、謎を解くのがとても速い。それが密室の謎ならばなおのこと。

「それじゃあ、聞かせてもらおうじゃない。犯人がどうやって密室の中にあるオレンジジュースに毒を入れたのか」

と私は彼女に言う。すると蜜村は「いいですよ」と頷《うなず》き、こんな風に語り始めた。

「まず結論から言うと、犯人はオレンジジュースの中に毒を入れてはいません。毒はジュースの中ではなく、別の物に仕込まれていたんです。そして被害者は犯人の誘導によってその毒を口に含んでしまい、それが原因で死亡してしまったんですよ」

言いたいことは、まぁわかる。毒を口に含んだ後にオレンジジュースでそれを流し込めば、胃の中で毒と混ざり合い、あたかも最初からジュースに毒が含まれていたかのように錯覚させることができる。そして死体が発見された後、警察が来るまでの間に隙を見てグラスに毒を入れれば、現場の状況的に矛盾はなくなるというわけだ。でも――、

「被害者の胃からは、オレンジジュース以外の飲食物は見つからなかったけど」

私はそんな風に指摘する。それは食べ物や飲み物以外のものに毒が仕込まれていたということだ。でも、だとすると、

「その毒を被害者の口に運ばせるのは相当難しいんじゃないの？　まさか被害者に机をぺろぺろと舐《な》める悪癖があったわけじゃあるまいし」

冗談めかした言い方になったが、私の言い分は至極もっともだと思う。毒物を室内にあった何かに仕込み、それを被害者の口に運ばせるというのはそのくらい困難なことだ。では犯人はどのようにして、被害者をそう誘導したのか？

すると蜜村はティーカップに口をつけながら、このように主張した。

「犯人は室内にいた猫を利用したんです」

「室内にいた猫？」

私は首を傾《かし》げながら、現場の状況について思い出す。確かに室内には猫がいた。被害者が飼っていた毛足の長いペルシャ猫が。

でも、いったいその猫をどのように利用したのだろう？

その疑問に対し蜜村は「私は猫にはあまり詳しくはないのですが」と前置きした上でこう告げた。

「猫好きの間では奇妙な文化があるらしいですね。猫の体に思いっきり顔を押し付けて息を吸う――、猫吸いって言うらしいですけど」

確かに猫好きの間ではそのような文化があるらしいが。でも、そこまで聞いたところで、私は思わずハッとした。もしかすると犯人は、

「その猫吸いを利用して被害者を毒殺したと？」

その言葉に蜜村はこくりと頷く。つまり犯人は猫の胴体のうち、被害者がよく吸う部分（背中なのか脇腹なのかはわからないけれど）、そこにあらかじめ毒の粉末をまぶしていたということだ。被害者が飼っていたのは毛足の長いペルシャ猫なので、その毛の中ならば毒粉をたっぷり含ませることは可能だろう。

そして犯人としてほぼ確定的なのは、被害者のルームメイトの林檎川梨子。きっと彼女は普段から被害者が猫吸いをしている現場を目撃していたのだろう。だから、このトリックを思いついた。となると現場が密室になったのも偶然の要素が強いのかもしれない。きっと犯人の当初の計画では被害者はもっと目立たないように――、犯人に疑いが掛からないような状況で死亡する予定だったのではないのだろうか。例えば、犯人が家にいない時に猫吸いをして死亡するとか。でも結果的に被害者は自室にジュ

ースを持ち込んだ状態で猫吸いをし、鼻から毒粉を吸い込んだことでむせて、毒が鼻から口内へと移動した。そして、むせた喉を潤すためにジュースでそれを流し込んだ。被害者の死体が発見された際にその顚末《てんまつ》を悟った犯人は、余っていた毒をグラスに入れ、この猫吸いによる毒殺事件を密室殺人へと切り替えることにした。被害者が死亡した際に現場に居合わせたというディスアドバンテージを、密室殺人というアドバンテージで帳消しにしようと考えたのだ。

「なるほどね」私は蜜村の推理に一通りの納得を示しつつ、一つだけどうしても腑《ふ》に落ちないところがあった。猫吸いを利用して被害者を毒殺するトリック。このトリックは――、

「危険じゃない？　何というか、猫が」

だって猫の体に毒の粉をまぶすのだ。毛づくろいか何かで猫が偶然そこを舐めてしまう可能性もあるわけで、その場合は当然、猫は中毒死してしまうことになるだろう。

「ええ、そうですね。でも、そうはならなかった。だから、これはとても幸運なことだと思うんです」私の疑問に対して蜜村は、そんな風に小さく笑った。「だって、どんなに面白いトリックが使われていたって、猫が死んじゃうミステリーなんて誰も好きにはならないでしょう？」

猫は銀河の中を飛ぶ　小西マサテル

その夜、猫が宇宙を飛んだ。輝く銀河をバックに、泳ぐようにゆっくりと。

わたしはさほどお洒落《しやれ》というものに興味がなかったが、劇の演目が『銀河鉄道の夜』だと聞いていたので、今日は思いきって星型のイヤリングを着けてきた。

開演までまだ余裕があるというのに、すでに劇場は満員の活況を呈している。

この人気劇団の座長は、ふたつ年下の二十五歳。下の名前は「四季《しき》」だが、友人であるにもかかわらず、わたしは彼の苗字《みようじ》を知らない。手元の〝旅のしおり〟と書かれたフライヤーにもそっけなく「四季」としか記されていない。だがそれもまた、彼のミステリアスな魅力に繋《つな》がっているのかもしれなかった。

四季は、ファンから贈られた仔猫《こねこ》を飼っている。茶色の体毛に黒い縞模様《しまもよう》がうねるキジトラという種類の牡猫《おすねこ》だ。そもそも彼は「人語をほぼ解さない」「理論が通じない」という理由から、大の動物嫌いであり、猫嫌いでもあった。だからこそ、無機質きわまりない〝CAT〟という名前を付けたというのだが、やむなくCATを飼っているうち完全に情が移り、今では片時も離れられない存在になってしまっている。

だが、皮肉なことにCATのほうはなかなか四季に懐こうとしない。つまり四季のCATへの愛情は哀《かな》しくも一方的であり、しょっちゅう引っ掻《か》かれてしまうのが彼の悩みの種なのだった。そういえば、と思う。実は今日も彼はCATと一緒なのだ。

楽屋挨拶に行くと片隅に猫ケージがあり、中でCATがゴロゴロ喉を鳴らしつつ、穏やかに目を閉じていた。連休中とあって近隣のペットホテルが満床で、やむなく連れてきたという。「バレると出禁です」と四季は人差し指を唇の前で立てた。

劇場へのペット連れ込みは厳禁だ。何事もなければよいのだけれど。

夜の帳《とばり》が下りるように場内がゆっくり暗転し、ブザーが鳴り、緞帳《どんちょう》が上がった。

舞台上には、上手《かみて》と下手《しもて》を横切るかたちで、大きな汽車が鎮座していた。向かって左に煙突が伸びる機関車があり、後ろに一両だけの客車を伴っている。

(あれが銀河鉄道ね)

でもさらに目を引くのは、舞台から優に四メートルは上方に浮かぶ満月だった。背後からライトを当てられた大きな月と、その右斜め下に流れる天の川は、まさに銀河鉄道の夜にふさわしい幻想的なムードを醸し出していた。

宮沢賢治《みやざわけんじ》の昭和初期の童話『銀河鉄道の夜』は、孤独な少年「ジョバンニ」が親友の「カムパネルラ」と銀河鉄道に乗り、天の川を旅する物語だ。スタンダードな名作とあって幾度となく舞台化はもちろん、映画化、アニメ化されてきたが、その際には当然、表現者としての脚色と演出の手腕が問われることとなる。

四季はいつもどおり、主演、脚本、演出の三役《エチュード》を担っていた。とはいえ彼の芝居はアドリブを機に、脚本《ほん》からまるで離れた即興劇に発展していくのが常だったが。

（さて、今夜の舞台はどうだろう）

優しいピアノの調べが夜を包んでいく。たしかショパンの『夜想曲』第二番だ。

ほどなくして、目にも鮮やかなブルーの短い上着と長いズボンをボタンで繋いだ服に身を包んだ四季が、走りながら舞台に現れた。「早くおいでよ、カムパネルラ」

顎の下で切り揃《そろ》えられた艶やかでまっすぐな髪が、月明かりの下《もと》で揺れた。

すぐに、赤い服のぽっちゃりとした男性が息を切らせつつ登場した。

「待ってくれよ。きみの足が速すぎるんだ、ジョバンニ」

四季演じるジョバンニは懐中時計を見てから、ごめんね、と苦笑して見せた。

「発車まで五分もあったよ。そうだ、月も見納めかもしれない。今のうちにじっくりと見ておこうか。あぁ。月って本当にうさぎが住んでるんだね、カムパネルラ」

「そうだね。まるで絵に描いたようなうさぎだね、ジョバンニ」

客席に笑いが起きた。月のうさぎは、ことさらに強調されて描かれていたからだ。

ジョバンニは、天の川の下で輝き始めたわずかに揺れる赤い光点を指さした。

「見なよ、あの宇宙基地を。ぼくらはあそこを中継して憧れの南十字《サザンクロス》に行くんだ」

宇宙基地？　とカムパネルラは首を捻《ひね》った。

「あれはレーザーポインターの光だよ、ジョバンニ」

「身も蓋もないな、カムパネルラ」また観客たちの肩が揺れた。

「じゃあ、あそこを見てみなよ、カムパネルラ」

ジョバンニは、機関車の煙突あたりに落ちてきた大きな白い輝点を指さした。

「あれも見納めかもしれないぜ。実に美しい流れ星じゃないか」

流れ星？　とカムパネルラは目をひん剝《む》いた。

「あれは星に見せかけた布だよ。蛍光塗料を染み込ませてあるんだ、ジョバンニ」

「もう旅はやめて家に帰ろうか、カムパネルラ」

ジョバンニが力なく首を振るのと同時に、またも笑いが巻き起こった。

そのときだった――事件が勃発した。舞台左から突然、仔猫が現れたのだ。

（CATだ！　どうして？）

ジョバンニの顔に狼狽《ろうばい》の色が走った。明らかに突発的なアクシデントだ。

CATは機関車に飛び乗ったかと思うと、瞬く間に煙突の上へと駆け上った。

そして、夜空の流れ星に迷いもなくぴょんと飛びついた。

流れ星はゆらゆらと揺れた。流れ星が流れていない。猫をぶら下げ揺れている。

さらに――スタッフが振り落とそうとしたせいか、流れ星は猫をぶら下げたまま、上へ上へと上がっていく。万有引力の法則は、ここに脆《もろ》くも崩壊した。

客席がざわめく中、カムパネルラは天を仰いだ。わたしは心の中で叫んだ。

（無理だよ、四季くん！）（いちど仕切り直して、緞帳を下ろしたほうがいいよ！）

だがジョバンニは、CATを凝視していた。彼の信条は「ショウ・マスト・ゴー・オン」だ。この緊急事態をどう収拾すべきか、懸命に頭を働かせているのだろう。

流れ星に掴《つか》まっていたCATは、続けて中央の月を目掛けてジャンプした。

そして、満月の真ん中で同心円状に丸くなった。

おそらく月の中心には、壁に取り付けるための支柱が取り付けてあるのだろう。

CATは、前方に突出したそれに身体《からだ》を預けているのだ。

曲の調べが最高潮に達したとき、CATは月の中でうさぎを見た。

まるで仔猫とうさぎが親友同士であり、挨拶を交わしているかのように見えた。

わたしは、まるでまとまらない激しい感情の渦の中で、映画『E.T.』を想起した。

主人公の少年が必死に漕ぐ自転車の籠に、小さな外宇宙知的生命体《エクストラ・テレストリアル》が乗っている。

自己の利益しか考えていない大人たちが追う中、自転車はふわりと夜空に浮く。

そして満月をバックに、ふたりのシルエットをくっきりと浮かび上がらせるのだ。

ざわめきが、感嘆の溜息《ためいき》に変わっていく。

だが——CATは、なんとさらなる奇蹟《きせき》を見せたのだ。

刹那、仔猫は右下に輝く天の川のほうに向かってその身をひるがえした。

猫は宇宙を飛んだ。前足と後ろ足をふみふみしながら、輝く銀河をバックに泳ぐようにゆっくりと天を駆けたのだ。そして客車の上に飛び降り、満足気に客席を見た。

曲がすっとフェードアウトした。観客たちは驚愕《きょうがく》というよりも畏怖《いふ》のような感情に囚《とら》われたようだった。このイリュージョンはなんなのだ。誰かが、最後方《さいこうほう》で拍手した。

ジョバンニは何事もなかったかのように右手を上げ、拍手に応える。

「銀河鉄道に乗り込むのは少しあとにしよう、カムパネルラ。この騒ぎで発車は五分ほど遅れるようだ。その間にこの超常現象《ミステリー》の解明をおこないたいと思うんだ」

「えっ。そ、そんなことできるのかい」カムパネルラは如才なくアドリブに合わせる。

「きみも見ただろ、カムパネルラ。猫が優雅に夜空を飛んでいたのを」

「うん。猫は確かに夜空をゆっくりと飛んでいた。ぼくも見たよ、ジョバンニ」

「あの猫は見るからに生後半年も経《た》ってない。あそこまでの芸を仕込めるはずがない」

ジョバンニは客席をじっと見た。おそらくは、わたしのことも含めて。

「そもそも仔猫は飛ばないし飛べない。なのに、いかにして猫は宇宙を飛んだのか？この謎をとかない限り――ぼくたちはけっして、銀河鉄道に乗れないんだ！」

わたしは息を呑《の》んだ。皆が驚嘆しているのだからスルーすることもできるはずだ。

だが、アクシデントから逃げずにエンタメに昇華するのが四季の真骨頂なのだ。

静寂の中、ジョバンニは中性的な外見とは裏腹のバリトン声を響かせた。

「あの猫はついさっきまで、ぼくたちが家族とお別れした〝駅舎〟の中にいたはずだ」

すぐに彼がいわんとする意味が分かった。〝駅舎〟とは、楽屋のことだ。

「このアクシデントを起こした犯人は、〝駅舎〟の扉を開いて猫を連れてきたんだよ。あらかじめ流れ星には蛍光塗料と一緒に、マタタビのような猫が好むエキスを噴霧しておいたんだ。その上で、ひそかに猫を解き放ったのさ」

「誰がだい、ジョバンニ……そしていったいなんのために？」

「外部の者――いうなれば外宇宙知的生命体《エクストラ・テレストリアル》がぼくたちの旅の邪魔をするためにだよ。〝旅のしおり〟を見てほしい。信用できない外部の大人が、ひとりだけいるはずだ」

わたしはフライヤーに目を落とした。そこには、フリーの美術担当の名前があった。覚えがある。いつもは四季のライバル劇団で仕事をしている人物だ。

「犯人はぼくらの旅が滅茶苦茶になればそれでよかった。猫が飛びついた流れ星が揺れた時点で、ほぼその目的は達成されていた。だが念には念を入れて、月と舞台袖の間にマジック用の六キロの重みにも耐えうる〝見えない糸〟を張り巡らせていたんだ。まず、猫が乱入する。そして流れ星に飛びついてしまう。しかも満月は糸に引っ張られて地球上に落下する。こうなるともう、銀河鉄道の旅はあきらめるよりほかはない。だけど、犯人にとっては想定外の出来事が勃発したんだよ、カムパネルラ」

「想定外の出来事……それってなんだい、ジョバンニ」

「好奇心旺盛《おうせい》な仔猫が、月のうさぎに会いたがったことさ。彼はうさぎが気になって、満月に向かってジャンプした。そしてうさぎと挨拶したあと、今度は〝宇宙基地〟が気になって、そこを目掛けて跳んだんだよ」

「宇宙基地……というと、レーザーポインターだね！　そうか！　猫はレーザーポインターの光が大好きだって聞いたことがあるよ、ジョバンニ！」

「だからそんな無粋な言葉は使わないでくれよ、カムパネルラ」

ジョバンニは首をすくめた。

「猫は宇宙基地に向かって跳んだ。だけどそのとき、たまたま見えない糸に身体が引っ掛かってその上をゆっくりと滑っていったんだ――まるで天翔《あまか》けるように。慌てた犯人は、袖から糸を引っ張ったんだけど、時すでに遅しさ。猫が銀河鉄道の上に飛び降りる寸前、糸は猫の重みと激しい動きに耐えかねて切れてしまったというわけだ」

ジョバンニは客車上の仔猫に声を掛けた。「ね、きみ。こっちにおいで」

その顔と声は、本気で哀願しているように見えた。猫は声を掛けても来ないときは来ない。だが甘えたいときは寄ってきて頭を擦《こす》り付けてくる。だからこそ可愛《かわい》いのだ。

ぼう、と汽笛が音を引いて鳴った。と同時にＣＡＴがみゃあ、と走り寄っていった。

ジョバンニ――いや四季は、ＣＡＴを抱き抱えて少年のように微笑《ほほえ》んだ。

「ぼくらと一緒に、銀河鉄道に乗ろうじゃないか」

最後方から、またひときわ大きな拍手が聞こえた。振り返ると、見覚えのある劇場の老支配人が扉の前に立っていた。どうやら、出禁は免れそうだった。

あたたかい部屋　佐藤青南

物音を聞き逃すまいと、私は耳をそばだてた。なにも聞こえない。忍び足で窓際まで歩き、遮光カーテンを少しだけめくる。外の様子をうかがった。くすんだガラスのすぐ向こうにブロック塀があって、その向こうに金網が張ってある。そして金網の向こうには、白い軽トラックが止まったままだった。何年落ちなのか見当もつかないほど古い型。昭和の時代を舞台にした映画に登場するようなそれは、平日の朝五時過ぎにそこにあってはいけない車だった。

バン、バン、バン、バン。

けたたましい音で起こされたのは、ある冬の朝のことだ。私の家のすぐ裏は八台が止められる月極《つきぎめ》駐車場になっていて、音はそこから聞こえていた。なんの音だか見当もつかないけどもう少し眠っていたかったので、初日は布団をかぶってやり過ごした。けれど翌日も、その翌日も、駐車場からの騒音に眠りを妨げられた。

いったいなんのつもりだ。憤然としながらカーテンを開けたとき、そのおじさんと目が合ったのだった。キャップをかぶってダウンジャケットを着たおじさんが、軽トラックの横に立っていた。私のお父さんと同じか、少し年上くらいだろう。おじさんは右手を振り上げた状態で固まっていた。バン、バン、という音は、トラックのボンネットを手で叩《たた》いて出したものらしい。

「あ。ごめ……」

おじさんが言葉を発した瞬間、私はカーテンを閉じていた。おじさんが言いかけたのは謝罪の言葉だったことに気づいたのは、その後だった。しかし謝罪は口だけで、実際に反省はしていなかったようだ。翌日以降も騒音は続いたのだから。

そしてある日、私は我慢できなくなって窓を開けた。久しぶりの外気は肌に痛いほど冷たかったけど、何日かぶりに入浴するような心地よさがあった。

おじさんはぎょっとしてこちらを見た。以前と同じように、右手を振り上げた体勢で固まっている。そしてまたもや、かたちだけの謝罪の言葉を口にした。

「ごめん。起こしちゃった？」

「なにやってるの」

途中から声がかすれた。独《ひと》り言《ごと》は四六時中発していたけど、人と話すときの発声とはまったく違うのだと思い知った。

「猫が入り込んでたら困るから」

私が眉をひそめると、おじさんは「ごめんな。ちょっと失礼」と断ってふたたび軽トラックのボンネットを叩き始めた。

すると、車の下から黒猫が飛び出してきた。少し離れた場所でいったんこちらを振り返り、走り去っていく。エンジンルームに入り込んでいたようだ。夜明け前の暗闇に溶け込む小さな黒い影を見送りながら、私はあっけにとられていた。

「エンジンの熱が残っていてあたたかいから、居心地が良いらしい。冬場はこれをやらないと車を動かせないんだ」

申し訳ない、と、おじさんが肩をすくめる。おじさんは近所の青果店の経営者で、毎朝軽トラックで市場まで仕入れに出かけていると自己紹介した。

「でもきみを起こしちゃうのは悪いから、ボンネットを叩くのはやめる」

「いい」私が言うと、おじさんは狐《きつね》につままれたような顔になった。

「毎朝こんな時間に起こされるのはイヤだろう」

「そんなことない。学校、行ってないから」

私には寝不足になる心配などなかった。半年前から中学校を休んでいる。この部屋から出ることすらほとんどない。早朝に起こされたところで、日中いくらだって睡眠を補うことができるのだ。

驚くおじさんの顔を見て、私は身構えた。どうして学校に行かないのと詰問されるか、学校ぐらい行ったほうがいいとお説教されるかのどちらかだと思ったのだ。大人はみんなそう。そっとしておいてくれない。だから両親のことも避けるようになった。どうして。なんで。そんなふうに疑問をぶつけられても答えられずに苦しくなる。おじさんも同じように、私を苦しめようとするのだろう。

でも、違った。

「おじさんの息子も同じだよ。学校に行けてない。いじめに遭っているらしい」

そう言って寂しそうに目を伏せたのだった。

いつか気が向いたら、うちの店においでよ。おじさんはそう言い残して車に乗り込み、仕入れに向かった。

言葉を交わしたのはあのときだけだ。でも毎日、車のボンネットを叩く音は聞こえてきた。おじさんにとってはエンジンルームやタイヤの間に猫が入り込んでいないか確認するためのルーティーンに過ぎなかったのだろうが、私は勝手にコミュニケーションをとっている気になっていた。

それがもう、五日もあの音が聞こえない。猫が侵入する危険性の低い夏場ならともかく、いまは真冬だ。部屋の中でも息が白くなるほど寒い。軽トラックは駐車スペースに止まったままなので、私の知らないうちに出かけてもいない。

おじさんになにかあったのだろうか。それとも青果店が潰れたのか。

引きこもりの私にとって、あの音が外界との唯一のつながりのように感じていた。それがいま、断ち切られようとしている。居ても立ってもいられなくなった。

共働きの両親が出かけたタイミングを見計らい、ついに私は外に出た。久しぶりの陽光は目がくらみそうなほど鋭くて、すっかり脚の筋肉が衰えたせいですぐに息が上がる。引き返したい衝動に駆られるが、このままモヤモヤした気持ちを引きずっていたくない。挫《くじ》けそうな自分を叱咤《しった》しつつ進んだ。

　店名を聞いていないけど、この小さな街に青果店は一軒しかない。自宅から五分ほど歩いたところに小さな青果店があった。きっとあそこだ。

　そして目的地に到着したとき、私は言葉を失った。

　こぢんまりした青果店があった場所には、立派なスーパーが建っていた。おじさんのお店は潰れてしまったのだ。だから仕入れの必要がなくなり、朝のボンネットを叩く音もなくなった。

　そのとき、店の出入り口から当のおじさんが出てきて飛び上がりそうになる。彼はスナック菓子のロゴの入った段ボールを抱えていた。このスーパーで働いているのだろうか。

「あの」私は反射的に駆け寄った。

　おじさんが不思議そうに首をかしげる。私の顔を覚えていないらしい。無理もない。夜明け前の駐車場で金網越しにほんの少し会話しただけなのだから。

「トラック……もう五日も動いていないから心配になって、もしかしたら病気になったのかもしれないと思って」

　しどろもどろの説明に最初は眉をひそめていたおじさんが、やがて笑顔になった。

「心配して来てくれたんですか」

おじさんは段ボール箱を置くと、こちらにどうぞ、と歩き出した。どこに向かっているのかは、すぐにわかった。

案の定、おじさんは私の家の隣の月極駐車場に入った。まっすぐ向かった先にあるのは、もちろんあの軽トラックだ。駐車場を囲む金網越しに、私の部屋の窓が見える。分厚い遮光カーテンで覆われた部屋の窓は、端から見るととても不穏だった。

おじさんはポケットからキーを取り出し、軽トラックのボンネットを開けた。

猫がいた。一匹だけではない。大きな猫が一匹に、小さな猫が四匹も。

「子どもを、産んだんだ……」

母猫は黒猫だった。あのとき、ボンネットから飛び出してきた猫だろうか。子猫たちの毛色は黒、サビ、黒白とさまざまだ。

「ここが安全な場所だと思ったみたいですね。追い出すのもかわいそうだから、しばらく別の車で仕入れに向かうことにしました」

全身から力が抜ける。よかった。おじさんが体調を崩したわけでも、青果店が潰れたわけでもなかった。

ふいに、おじさんが金網のほうを指さした。

「もしかして、この家の……？」

ぎくりとした。いまさら否定するわけにもいかず、私は頷《うなず》く。

「そうですか。外に出られたんですね。よかった」

いまさら違和感が膨らんできた。おじさんはなぜ、私に敬語を使い続けるのだろう。

以前話したときには、もっと砕けた口調だったのに。

「死んだ親父《おやじ》がずっと心配していたんです。月極駐車場の隣の家の女の子も、学校に行けなくて引きこもっているみたいだって」

大きく視界が揺れた。

私がいま話している相手はあのおじさんではなく、おじさんの息子――？

「おじさんは……？」

「十年前に病気で亡くなりました。それからは私が跡を引き継いで、仕入れも私が行っています」

おじさんは体調を崩すどころか、とっくに亡くなっていた。毎朝聞いていたボンネットを叩く音も、途中からおじさんのものではなくなっていた。

「そりゃそうか。二十年も引きこもっていたら」

自嘲の笑みが漏れる。

時の流れとともにいろんなことが変わる。店の経営者も変わるし、青果店がスーパーになるし、人も猫も生まれるし、亡くなる。スーパーまでの道のりだって、ところどころ見覚えのない家になっていた。トラックのエンジンルームで子育てする黒猫も、あのとき見た個体の何世代か後の猫だろう。

私だけが同じ場所に留《とど》まったままだ。現実の重さにうなだれる。

「もしよければ、うちで働きませんか」

思わぬ提案に、弾《はじ》かれたように顔を上げた。

「親父から誘われませんでしたか？　そう聞いているんですけど」

はっとした。

——いつか気が向いたら、うちの店においでよ。

「ちょうどレジ打ちのパートさんを募集しているんです」

私にできるだろうか。二十年も引きこもって世間から置き去りにされ、年齢だけを重ねてしまったこの私に。

「外の世界も、意外と悪くないですよ」

おじさんの面影を宿した息子さんが、照れくさそうに笑う。この人がそう言うのなら、そうかもしれないと思えた。

「よろしくお願いします」

私が頭を下げたそのとき、子猫たちを舐《な》めていた黒猫がにゃあと鳴いた。

本書は書き下ろしです。
この物語はフィクションです。作中に同一の名称があった場合も、
実在する人物、団体等とは一切関係ありません。

執筆者プロフィール一覧 ※五十音順

浅瀬明（あさせ・あきら）

一九八七年、東京都生まれ。日本大学理工学部建築学科卒業。現在は書店員。第二十二回『このミステリーがすごい！』大賞・文庫グランプリを受賞し、『卒業のための犯罪プラン』（宝島社）で二〇二四年デビュー。

乾緑郎（いぬい・ろくろう）

一九七一年、東京都生まれ。二〇一〇年に『完全なる首長竜の日』（宝島社）で第九回『このミステリーがすごい！』大賞・大賞を、『忍び外伝』（朝日新聞出版）で第二回朝日時代小説大賞を受賞。他の著書に「鷹野鍼灸院の事件簿」シリーズ、『ねなしぐさ 平賀源内の殺人』『浅草蜃気楼オペラ』（以上、宝島社）、「機巧のイヴ」シリーズ、『戯場國の怪人』（以上、新潮社）などがある。

井上ねこ（いのうえ・ねこ）

一九五二年、長野県生まれ。中京大学法学部卒業。第十七回『このミステリーがすごい！』大賞・優秀賞を受賞し、『盤上に死を描く』で二〇一九年デビュー。他の著書に『花井おばあさんが解決！　ワケあり荘の事件簿』『赤ずきんの殺人　刑事・黒宮薫の捜査ファイル』（以上、宝島社）がある。

岩木一麻（いわき・かずま）

一九七六年、埼玉県生まれ。神戸大学大学院自然科学研究科修了。国立がん研究センター、放射線医学総合研究所で研究に従事。現在、医療系出版社に勤務。第十五回『このミステリーがすごい！』大賞・大賞を受賞し、『がん消滅の罠　完全寛解の謎』で二〇一七年デビュー。他の著書に『時限感染』『がん消滅の罠　暗殺腫瘍の謎』（以上、宝島社）、『テウトの創薬』（ＫＡＤＯＫＡＷＡ）がある。

歌田年（うただ・とし）

一九六三年、東京都生まれ。明治大学文学部文学科卒業。出版社勤務を経てフリーの編集者、造形家。第十八回『このミステリーがすごい！』大賞・大賞を受賞し、『紙鑑定士の事件ファイル　模型の家の殺人』で二〇二〇年デビュー。他の著書に『紙鑑定士の事件ファイル　偽りの刃の断罪』『紙鑑定士の事件ファイル　紙とクイズと密室と』『ＢＡＲゴーストの地縛霊探偵』（以上、宝島社）がある。

岡崎琢磨（おかざき・たくま）

一九八六年、福岡県生まれ。京都大学法学部卒業。第十回『このミステリーがすごい！』大賞・隠し玉として、『珈琲店タレーランの事件簿　また会えたなら、あなたの淹れた珈琲を』（宝島社）で二〇一二年デビュー。同書は二〇一三年、第一回京都本大賞に選ばれた。同シリーズの他、著書に『夏を取り戻す』（東京創元社）、『貴方のために綴る18の物語』（祥伝社）、『紅招館が血に染まるとき　The last six days』（双葉社）、『下北沢インディーズ　ライブハウスの名探偵』（実業之日本社）、『鏡の国』（ＰＨＰ研究所）などがある。

おぎぬまX（おぎぬまえっくす）

一九八八年、東京都生まれ。元お笑い芸人。ギャグ漫画家として二〇一九年に『だるまさんがころんだ時空伝』で第九十一回赤塚賞入選。二〇二一年には「ジャンプＳＱ.」にて『謎尾解美の爆裂推理!!』を連載。また、ジャンプ小説新人賞二〇一九・小説フリー部門にて銀賞を受賞し、二〇二〇年に『地下芸人』（集英社）で小説家デビュー。二〇二三年、第二十一回『このミステリーがすごい！』大賞・隠し玉として『爆ぜる怪人　殺人鬼はご当地ヒーロー』（宝島社）を刊行。他の著書に『キン肉マン　四次元殺法殺人事件』『キン肉マン　悪魔超人熱海旅行殺人事件』（以上、集英社）がある。

梶永正史（かじなが・まさし）

一九六九年、山口県生まれ。東京都在住。第十二回『このミステリーがすごい！』大賞・大賞を受賞し、『警視庁捜査二課・郷間彩香　特命指揮官』（宝島社）で二〇一四年デビュー。同シリーズの他、著書に『組織犯罪対策課　白鷹雨音』（朝日新聞出版）、「銃の啼き声　潔癖刑事・田島慎吾」シリーズ（講談社）、『ドリフター』（双葉社）、『産業医・渋谷雅治の事件カルテ　シークレットノート』（ＫＡＤＯＫＡＷＡ）、「×１捜査官・青山愛梨」シリーズ（角川春樹事務所）、『ウミドリ　空の海上保安官』（河出書房新社）、『ゴールドナゲット　警視庁捜査一課・兜束晋作』（光文社）、『デラシネ　放浪捜査官・草野誠也の事件簿「鏡の海」篇』（潮出版社）などがある。

伽古屋圭市（かこや・けいいち）

一九七二年、大阪府生まれ。第八回『このミステリーがすごい！』大賞・優秀賞を受賞し、『パチプロ・コード』（文庫化に際し『パチンコと暗号の追跡ゲーム』に改題）で二〇一〇年デビュー。他の著書に『21面相の暗号』『幻影館へようこそ　推理バトル・ロワイアル』『帝都探偵　謎解け乙女』『なないろ金平糖　いろりの事件帖』（以上、宝島社）、「かすがい食堂」シリーズ（小学館）、『猫目荘のまかないごはん』（KADOKAWA）、「クロワッサン学習塾」シリーズ（文藝春秋）などがある。

鴨崎暖炉（かもさき・だんろ）

一九八五年、山口県生まれ。東京理科大学理工学部卒業。現在はシステム開発会社に勤務。第二十回『このミステリーがすごい！』大賞・文庫グランプリを受賞し、『密室黄金時代の殺人　雪の館と六つのトリック』で二〇二二年デビュー。他の著書に『密室狂乱時代の殺人　絶海の孤島と七つのトリック』『密室偏愛時代の殺人　閉ざされた村と八つのトリック』（以上、宝島社）がある。

貴戸湊太（きど・そうた）

一九八九年、兵庫県生まれ。神戸大学文学部卒業。第十八回『このミステリーがすごい！』大賞・U・NEXT・カンテレ賞を受賞し、『そして、ユリコは一人になった』で二〇二〇年デビュー。他の著書に『認知心理検察官の捜査ファイル　検事執務室には嘘発見器が住んでいる』『認知心理検察官の捜査ファイル　名前のない被疑者』『図書館に火をつけたら』（以上、宝島社）、『その塾講師、正体不明』（角川春樹事務所）がある。

久真瀬敏也（くませ・としや）

東京都生まれ。山形大学理学部に入学後、北海道大学法学部に編入学・卒業し、新潟大学大学院実務法学研究科を修了。第十八回『このミステリーがすごい！』大賞・隠し玉として、『ガラッパの謎　引きこもり作家のミステリ取材ファイル』で二〇二〇年デビュー。他の著書に「桜咲准教授の災害伝承講義」シリーズ、『本所深川奉行所　お美世のあやかし事件帖』（以上、宝島社）、『遺言書を読み上げます　血統書付きの相続人』（ＫＡＤＯＫＡＷＡ）がある。

小西マサテル（こにし・まさてる）

一九六五年、香川県生まれ。明治大学文学部英米文学科卒。在学中より放送作家として活躍。現在、『ナインティナインのオールナイトニッポン』『徳光和夫　とくモリ！歌謡サタデー』『笑福亭鶴光のオールナイトニッポン．ＴＶ＠Ｊ：ＣＯＭ』『明石家さんま　オールニッポン　お願い！リクエスト』や単独ライブ『南原清隆のつれづれ発表会』などのメイン構成を担当。第二十一回『このミステリーがすごい！』大賞・大賞を受賞し、『名探偵のままでいて』で二〇二三年デビュー。他の著書に『名探偵じゃなくても』（以上、宝島社）などがある。

佐藤青南（さとう・せいなん）

一九七五年、長崎県生まれ。第九回『このミステリーがすごい！』大賞・優秀賞を受賞し、『ある少女にまつわる殺人の告白』で二〇一一年デビュー。他の著書に「消防女子!!」シリーズ、「行動心理捜査官・楯岡絵麻」シリーズ、『嘘つきは殺人鬼の始まり　ＳＮＳ採用調査員の事件ファイル』（以上、宝島社）、「お電話かわりました名探偵です」シリーズ（ＫＡＤＯＫＡＷＡ）、「ストラングラー」シリーズ（角川春樹事務所）、「白バイガール」シリーズ、『犬を盗む』『一億円の犬』（以上、実業之日本社）、「絶対音感刑事・鳴海桜子」シリーズ（中央公論新社）などがある。

高野結史（たかの・ゆうし）

一九七九年、北海道生まれ。宇都宮大学卒業。第十九回『このミステリーがすごい！』大賞・隠し玉として、『臨床法医学者・真壁天　秘密基地の首吊り死体』で二〇二一年デビュー。他の著書に『満天キャンプの謎解きツアー　かつてのトム・ソーヤたちへ』『奇岩館の殺人』『バスカヴィル館の殺人』（以上、宝島社）がある。

高橋由太（たかはし・ゆた）

一九七二年、千葉県生まれ。第八回『このミステリーがすごい！』大賞・隠し玉として、『もののけ本所深川事件帖　オサキ江戸へ』で二〇一〇年デビュー。他の著書に『神様の見習い　もののけ探偵社はじめました』『あなたの思い出紡ぎます　霧の向こうの裁縫店』『贄の白無垢　あやかしが慕う、陰陽師家の乙女の幸せ』（以上、宝島社）、「あやかし和菓子処かのこ庵」シリーズ（KADOKAWA）、「ちびねこ亭の思い出ごはん」シリーズ（光文社）などがある。

辻堂ゆめ（つじどう・ゆめ）

一九九二年、神奈川県藤沢市辻堂生まれ。東京大学法学部卒業。第十三回『このミステリーがすごい！』大賞・優秀賞を受賞し、『いなくなった私へ』で二〇一五年デビュー。他の著書に『コーイチは、高く飛んだ』『あなたのいない記憶』（以上、宝島社）、『悪女の品格』『トリカゴ』（以上、東京創元社）、『あの日の交換日記』『二人目の私が夜歩く』（以上、中央公論新社）、「片想い探偵　追掛日菜子」シリーズ、『ダブルマザー』（以上、幻冬舎）、『卒業タイムリミット』『サクラサク、サクラチル』（以上、双葉社）、『山ぎは少し明かりて』『十の輪をくぐる』（以上、小学館）、『君といた日の続き』（新潮社）など多数。

土屋うさぎ（つちや・うさぎ）

一九九八年、大阪府生まれ。大阪大学工学部応用理工学科中退。現在は漫画アシスタント兼漫画家。二〇二三年、『あぁ、我らのガールズバー』で集英社・第九十八回赤塚賞準入選。同年、『見つけて君の好きな人』で小学館・「創作百合」漫画賞佳作。二〇二四年、『文系のきみ、理系のあなた』で一迅社・第三十回百合姫コミック大賞翡翠賞受賞。第二十三回『このミステリーがすごい！』大賞・大賞を受賞し、『謎の香りはパン屋から』（宝島社）で二〇二五年小説家デビュー。

朝永理人（ともなが・りと）

一九九一年、福島県生まれ。第十八回『このミステリーがすごい！』大賞・優秀賞を受賞し、『幽霊たちの不在証明』で二〇二〇年デビュー。他の著書に『観覧車は謎を乗せて』『毒入りコーヒー事件』（以上、宝島社）がある。

猫森夏希（ねこもり・なつき）

一九八九年、福岡県生まれ。福岡大学卒業。アニメーション制作会社を退社後、執筆活動に専念。第十七回『このミステリーがすごい！』大賞・隠し玉として、『勘違い渡良瀬探偵事務所・十五代目の活躍』で二〇一九年デビュー。他の著書に『ピザ宅配探偵の事件簿　謎と推理をあなたのもとに』（以上、宝島社）がある

柊サナカ（ひいらぎ・さなか）

一九七四年、香川県生まれ。第十一回『このミステリーがすごい！』大賞・隠し玉として、『婚活島戦記』で二〇一三年デビュー。他の著書に『人生写真館の奇跡』『古着屋・黒猫亭のつれづれ着物事件帖』『一駅一話！ 山手線全30駅のショートミステリー』『谷中レトロカメラ店の謎日和』シリーズ、『3分で読める！ ミステリー殺人事件』（以上、宝島社）、「機械式時計王子」シリーズ（角川春樹事務所）、「二丁目のガンスミス」シリーズ（ホビージャパン）、「天国からの宅配便」シリーズ（双葉社）、『お銀ちゃんの明治舶来たべもの帖』（ＰＨＰ研究所）、『ひまわり公民館よろず相談所』（ＫＡＤＯＫＡＷＡ）などがある。

降田天（ふるた・てん）

鮎川颯（あゆかわ・そう）と萩野瑛（はぎの・えい）の二人からなる作家ユニット。第十三回『このミステリーがすごい！』大賞を受賞し、『女王はかえらない』で二〇一五年デビュー。他の著書に『匿名交叉』（文庫化に際して『彼女はもどらない』に改題）、『すみれ屋敷の罪人』（以上、宝島社）、『偽りの春　神倉駅前交番　狩野雷太の推理』（表題作「偽りの春」で第七十一回日本推理作家協会賞短編部門を受賞）、『朝と夕の犯罪　神倉駅前交番　狩野雷太の推理』（以上、ＫＡＤＯＫＡＷＡ）、『事件は終わった』（集英社）、『少女マクベス』（双葉社）などがある。

三日市零（みっかいち・れい）

一九八七年、福岡県生まれ。慶應義塾大学卒業。第二十一回『このミステリーがすごい！』大賞・隠し玉として、『復讐は合法的に』で二〇二三年デビュー。他の著書に『復讐は芸術的に』『復讐は感傷的に』（以上、宝島社）がある。

美原さつき（みはら・さつき）

一九八六年生まれ。大阪府大阪市出身。滋賀県立大学・滋賀県立大学大学院では環境動態学を専攻。第二十一回『このミステリーがすごい！』大賞・文庫グランプリを受賞し、『禁断領域　イックンジュッキの棲む森』（宝島社）で二〇二三年デビュー。

森川楓子（もりかわ・ふうこ）

一九六六年、東京都生まれ。第六回『このミステリーがすごい！』大賞・隠し玉として『林檎と蛇のゲーム』で二〇〇八年デビュー。他の著書に『国芳猫草紙　おひなとおこま』（以上、宝島社）がある。別名義でも活動中。

宝島社
文庫

猫で窒息したい人に贈る25のショートミステリー
（ねこでちっそくしたいひとにおくる25のしょーとみすてりー）

2025年4月17日　第1刷発行

編　者　『このミステリーがすごい！』編集部
発行人　関川誠
発行所　株式会社 宝島社
〒102-8388　東京都千代田区一番町25番地
電話：営業 03(3234)4621／編集 03(3239)0599
https://tkj.jp
印刷・製本　中央精版印刷株式会社

ISBN 978-4-299-06665-7

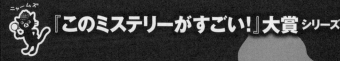

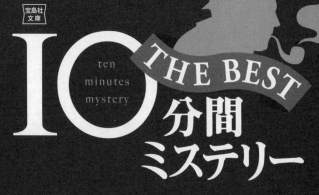

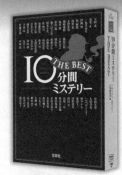

作家、ミュージシャン、芸人ら各界の豪華執筆陣が"恐"演!
5分で読める!
23 SCARY STORIES
ぞぞぞっとする
怖いはなし
『このミステリーがすごい!』編集部 編
宝島社文庫
澤村伊智
林由美子
平山夢明
乾緑郎
シークエンスはやとも
角由紀子
11月のリサ・まむ
岡崎琢磨
柊サナカ
城山真一
岩井志麻子
新名智
降田天
原昌和
真梨幸子
定価 730円(税込)
イラスト/しらたき
『このミステリーがすごい!』大賞は、宝島社の主催する文学賞です(登録第4300532号)
好評発売中!

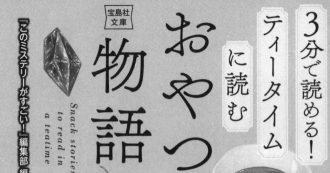

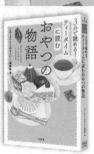

晩酌のお供に読みたい25作品
alcohol stories
to read at
the end of the day
3分で読める!
宝島社文庫
一日の終わりに読む
お酒の物語
『このミステリーがすごい!』編集部 編
しんみりと味わいたい切ない物語から
酒の肴にぴったりな笑えるお話まで
お酒にまつわる超ショート・ストーリー
蒼井碧
浅瀬明
歌田年
岡崎琢磨
鴨崎暖炉
神凪唐州
喜多南
喜多喜久
貴戸湊太
久真瀬敏也
小西マサテル
咲乃月音
佐藤青南
志駕晃
新藤元気
蝉川夏哉
鷹樹烏介
高野結史
塔山郁
友井羊
猫森夏希
柊サナカ
深沢仁
降田天
三日市零
定価 790円(税込)
イラスト/植田まほ子
『このミステリーがすごい!』大賞は、宝島社の主催する文学賞です(登録第4300532号)
宝島社
お求めは書店で。
宝島社
検索
好評発売中!